李迎春 著

长诗

落雪的和声

——古田，1929

海峡出版发行集团 | 海峡文艺出版社

图书在版编目(CIP)数据

　　落雪的和声:古田,1929/李迎春著. －福州:海峡文艺出版社,2019.12(2024.3 重印)
　　ISBN 978-7-5550-2158-2

　　Ⅰ.①落… Ⅱ.①李… Ⅲ.①抒情诗－中国－当代 Ⅳ.①I227.2

　　中国版本图书馆 CIP 数据核字(2019)第 279228 号

落雪的和声
　　　——古田,1929

李迎春　著

出 版 人　林　滨
责任编辑　蓝铃松
编辑助理　张琳琳
出版发行　海峡文艺出版社
经　　销　福建新华发行(集团)有限责任公司
社　　址　福州市东水路 76 号 14 层
发 行 部　0591－87536797
印　　刷　三河市兴博印务有限公司
厂　　址　河北省廊坊市三河市杨庄镇大窝头村西
开　　本　889 毫米×1194 毫米　1/32
字　　数　80 千字
印　　张　8.625
版　　次　2019 年 12 月第 1 版
印　　次　2024 年 3 月第 3 次印刷
书　　号　ISBN 978-7-5550-2158-2
定　　价　39.80 元

如发现印装质量问题,请寄承印厂调换

目录

— ★ —

1

陈铎 绘

序 章

东方有光

太平洋的巨浪拍打着简陋的中国船

那群跌跌撞撞的先行者

用刚剪下长辫的头颅去读懂西方

20世纪初叶的天空

以枪炮作为礼花庆祝一次次死亡般的胜利

一拨一拨伴着海水的咸湿

去冲浪去寻找浩荡的时代潮流

青春少年唱着马赛曲国际歌

试图点亮古老民族的未来

落雪的和声
——古田，1929

地表隆起的地方，有山，有冰峰

有阳光照不到的川流

喜马拉雅，珠穆朗玛，青藏高原

东方之巅风雪弥漫

被掩埋的文明　人和其他一切的生物

陷入人类一场猝不及防的洪荒

一场世纪征程在黑暗中拉开序幕

遇见看不见的黑与看得见的死亡、悲怆与狂欢

没有人可以阻拦黑暗中穿行的勇士

和他身后长长的脚印

红色在黎明中升起，那还不是太阳

是尚未形成的星球

是夸父逐日的方向，是精卫填海时的号角

是旗帜，是前行者的热血

是高举的风向标

是走向荆棘时的一往无前

从此，我听见一个崇尚沉默是金的民族

向世界大声疾呼，喊出

喊出自己的名字

我无法遇见你们，普罗米修斯般的盗火者

无法看到你们坚毅的表情和

冰雪般纯洁的向往

无法想象你高擎火把的雄姿

怎样唤醒一片沉寂的大地

我曾踏寻在你前进的道路上

伏下身子倾听来自历史的回声

在那沧桑的城墙边

芦苇穿过长满青苔的青砖缝隙

月华如水静照汀江

只有大地读懂了你的故事

☆

落雪的和声
——古田，1929

我爱你们，爱你们将生命之舟

放荡江河大海

茫茫中高举历史的航标

从未放弃使命担当

孤独的时候你是勇士

团聚的时候你是燃烧的火把

生命只有在生命之中才有意义

生命只有在千锤百炼之后

才会焕发出迷人的光彩

只有你才能将地理的山凹

变成历史的高峰

在百里井冈在红色古田在黄土高坡

千万年未曾翻动的土层

在惊蛰的雷声中清醒过来

他们第一次知道自己可以站立可以歌唱可以

安排自己的四季与生活

于是，他们跳跃并振臂高呼

从土壤中生长的希望飞向远方

我敬你们，敬你们忠贞不渝表里如一

红旗下宣誓硝烟中成长

万里迢迢星星点灯，从未忘记

将梦想送上天空照亮人世

我无法想象，在茫茫人海，在山沟低谷

梦想曾经多么可笑，像一只丑小鸭

蹒跚地走在羊肠小道，直到你

走上险峰，才知那风展红旗的华丽转身

并从此惊艳世界，创造

新的天地

☆

落雪的和声
——古田，1929

只有你才能将屈辱的唱腔

变成红色的怒吼

一叹三咏的曲调从夜半唱到天明

唱到红军阿哥走到村头

唱到壮行的米酒温热了心肠

在革命风暴的最前沿，你挥舞着大手

带领队伍冲向梦想的乐园

从此，那些村庄像晶莹剔透的红珍珠

因一个个闪光的名字被铭记被传唱

被写进厚重的中国革命史

你是行动的巨人

在混乱的世纪街头庄严宣告

一路披荆斩棘于无路处找新路

于无声处响惊雷

十里洋场里长出的不是睡莲

是含苞待放的夏日清荷

无畏风尘不惧风霜

傲然挺立发出响亮的战斗的檄文

你迎着战火将理想写成现实的诗行

写成 28 卷辉煌的革命史稿

东方有光

这是 20 世纪第一缕阳光

照在中国大地上

这是共产主义的信仰之光

从欧洲的幽灵变成中国的圣经

这是人类的智慧之光

带给苦难中摸索的人们幸福的召唤

沿着这束光我们奔跑，永不停止

★

落雪的和声
——古田，1929

我们自信地歌唱未来

唱响一个民族的

希望与荣光

春水与汀州

遥望井冈山

汽车经过柏露的时候毫无征兆

是高速公路的指示牌在我心里颠簸起来

想起 90 年前的那个乍暖还寒的日子

一支队伍在命运的咽喉处

独自徘徊

没有指路牌没有导航仪

只有用争论才能冲出迷雾

让前途变得明朗

☆

落雪的和声

——古田，1929

山里多雨雪屋内唯剩

微弱的火光，寂静的大山深处

村口小楼的秘密多年以后才被揭开

那些被称为伟人和英雄的身影

还只在油灯下痛苦地抉择

井冈山，这座中国革命的摇篮

在每个人心中都有沉甸甸的分量

坚守与放弃，并不像莎翁的名句那么自如

战火弥漫的山冈，红旗

始终高高飘扬

多年以后，人们必须依靠地图

才能找到这个叫柏露的山村

它实在太小，一不小心就开过了头

也许正是因为小，那年的灯光

才没有被敌人发现

横店，不是名扬天下的影视城

是柏露村口的杂货铺

1929 年 1 月 4 日的那一天

因为柏露会议留名青史

敌军的三省"会剿"像一张网

悄悄靠近寒冷的井冈，试图

在冬日的寒风中一网打尽他们的眼中钉

他们的想法由来已久，也

实施过多次，坚强地在失败中叫嚣

1929 年的元旦刚过，他们决定

将 18 个团 3 万兵力向井冈山靠拢

围成一堵顽固的人墙

他们踩着沙沙的积雪，等待

收获新春的盛宴

横店内浓浓的烟雾被自己呛得从门缝逃跑

纸烟旱烟济济一堂，思索

5000 人怎样抵抗 3 万精兵的围攻

打与不打像个拉锯战，在 64 个与会者中

来回争论不分伯仲

毛泽东打开窗户，看着茫茫白雪中的

村庄、稻田，还有蜿蜒的小路

心里涌起一丝酸楚

他曾一次次来到这个大粮仓

30 多万斤粮食源源不断地

从挑粮小道送上井冈山

那棵苍老的荷树下，他和战友们

歇息　唱歌　交谈

为长期的坚守做精心准备

朱德一定想起了遥远的三河坝

那个广东福建交界的兵家必争之地

他从南昌起义的残兵败将中站起

站成一个稳定军心的天神，他粗糙有力的大手

成为起义军前进的方向

从三河坝到天心圩到井冈山会师

他和陈毅一道，大声疾呼：

中国革命现在失败了，但黑暗是暂时的，

我们只要保存实力，革命就有办法。

他相信暂时的失去并不可怕

留得青山在，不怕没柴烧

从秋收起义到文家市转兵到选择井冈山

毛泽东的"枪杆子里出政权"

打出中国共产党人的一片新天地

他第一个将党旗高高举起

举成秋收起义中最有力的旗帜与刀枪

举成浴血奋战的主心骨

他坚定地将偏僻的井冈山创建成

中国革命的农村根据地

他的理想在山区变成鲜活的现实

变成足以抵抗黑暗与腐朽的青春劲旅

雪一直下着，下成 1929 年元月最无奈的告白：

撤离井冈山，向赣南进发！

当"围魏救赵"四个字说出时，留给会场

只有静默与无力的争辩

大军压境，似乎只有

用古老的兵法才能说服自己

才能将残存的梦想在战火中延续

朱毛两人从未感到如此艰难的局面：

身处绝境可背水一战，如今

坐拥井冈却将含泪告别！

也许他们想起 1928 年 4 月 28 日的会师

想起龙市震天动地的欢呼

想起挥舞的红旗映照井冈翠竹

在今天的会场

千言万语已无须说出

留待历史见证

两个湘潭口音碰撞在一起

井冈山记录下历史性的一刻：

1928 年 12 月中旬，在宁冈县茨坪的民房里

毛泽东对着自己的老乡彭德怀说——

你也走到我们一条路上来了！

这是一条生死攸关的道路

也是他们一生无怨无悔的选择

是坚定的信念绝对地服从

在柏露横店的铺子里

彭德怀毫不犹豫地接受命令

带领部队坚守井冈山

伟大的井冈山见证血性的张扬

更见证党性的刚强

上海的弄堂与法租界

上海滩的灯光没有熄灭

远东第一大都会的盛名不曾落幕

风花雪月醉生梦死不足以概括上海

外滩洋场租界地更不是上海

奢华与放荡的外衣下，上海有一颗红心

那是复苏古老民族的心源之处

从新青年到工人运动

从秘密筹备到召开中共一大

年轻的共产党在乱世混沌中登上历史舞台

1929 年春天到达上海的时候

寒风久久不肯离去

将每一条街道弄堂细细抚摸，不留一点温暖

天井里的海棠艰难地吐出新叶

弄堂里风声鹤唳

在某个秘密的阁楼上

偶尔有急促的敲门声，二三个人的私语

更多时候是紧闭的窗帘，汽油灯下

细细拟写的指示、命令或文件

从秘道流向全国各地的红色版图

周恩来收到红四军前委回信的时候

闻到了信中不同寻常的意味

这是对中央"二月来信"的反驳

措辞充满着毛氏风格的辣味——

批评中央"二月来信"过于悲观，

分散游击的要求是不切实际的想法。

他想起二月时代表中央寄出的那封信，担心

离开井冈山后红四军艰难的处境

力图保存红军有生力量

在毛泽东看来，越是困难的时候

越不能分散，要抱团突围

周恩来凭着政治家的直觉相信毛泽东

相信他正走出前所未有的道路

当南昌起义的部队还打着国民党旗号的时候

毛泽东勇敢地亮起中国共产党党旗

领导九月秋收起义

在中央要求攻打长沙的时候

他果断而漂亮地转身

进军井冈山开创出革命新天地

☆
落雪的和声
——古田，1929

周恩来相信朱毛能够

找到新的井冈山

对于上海，毛泽东的印象停留在 1921 年夏天

位于法租界望志路 106 号的李公馆

13 名代表秘密宣告中国共产党正式诞生

在那个社团林立的时代

不少人早已退出这个政党，甚至改旗易帜

只有他，忠实地执行党旗下的誓言

无论何时何地，从不背叛自己的信仰

他记得从上海的弄堂撤退的时刻

记得登上红船驶向湖心的时刻

他坚信鲜红的党旗不会凋谢

他的队伍不会枯萎

上海在我的心中曾经多么遥远

当捧起中国革命史时又觉得

它与我如此贴近

沿着那条著名的中央苏区秘密交通线

我找到一条心灵的红线

它连接起中国革命的两端，实现

中央与苏区的对话

它还将历史与未来相连，让红色基因

永远在血脉中流淌

但是此时，这条红线尚未开通

伟人之间的对话还将在争论中相互理解

在携手共进中走向胜利的方向

毛泽东直到柏露会议前才收到

来自上海关于中共六大精神的传达

1928 年的夏天，中共六大在美丽的莫斯科召开

井冈山也迎来最为鼎盛的时期

★

落雪的和声
——古田，1929

朱毛会师掀起井冈山革命新高潮

"工农武装割据"

"农村包围城市，武装夺取政权"

在红色山冈成为时尚的语言

然而这些，莫斯科的圣殿里

尚未有人读懂它的含义

中国共产党的最高会议还停留在

革命低潮积蓄力量的保守表达

上海阁楼里的周恩来

越来越理解来自井冈山的独特语言

一套全新的没有洋味的中国话

"枪杆子里出政权"——

痛快而明白，直接而见效

上海的空气是如此压抑如此沉闷

在终日蜷缩的日子里

井冈山的一个个新词让他兴奋

他暗暗期待，这支被称为红四军的队伍

再一次创造奇迹

走出更加广阔的新路

南方潮湿的早春

打乱了红四军前进的步伐

失去井冈山民众的部队，踉踉跄跄地

在赣南的丛林打转

红旗像失效的指南针，凌乱而破败

朱毛的眉头紧锁像一座山峦

堵住前进的方向

他们向井冈山默默张望

期望收到哪怕只言片语的喜报

能兑现当初"围魏救赵"的承诺

然而，既没围魏又救不了赵，连自己也

☆

落雪的和声

——古田，1929

陷入四面楚歌的泥沼

他们坚信最黑暗的时期已经过去

走出黑暗就会迎来

光明的照耀

装点此关山

大柏地是幸运的

因为伟人的《菩萨蛮·大柏地》

"当年鏖战急,弹洞前村壁。"

我好想去大柏地,去抚摸

那堵长满弹洞的墙壁

"装点此关山,今朝更好看。"

每当我朗诵着它,就去想象它的模样

是怎样的好看

1933年夏天的伟人并不曾

☆

落雪的和声
——古田，1929

因个人得失而忧伤

他站在大柏地的村口

当年的胜利将心中的阴霾驱散

犹如一股甘泉，在茫茫大漠

出现在干涸无助的队伍面前

疲惫不堪的红四军太需要一场胜利来拯救自己

从井冈山到赣南，几百里盲目奔驰

除了枪炮的追击就是死亡的如影随形

在大余县城，在平顶坳、崇仙圩、圳下、瑞金

红四军一败再败，从新年到春节

时时闻到失败散发出的

颓废气息

朱德永远不会忘记圳下的那个清晨

敌人端着机枪冲进军部的那一刻

他差一点被堵在房里

护卫他的警卫员中弹牺牲

妻子伍若兰被俘遇害

他侥幸突出重围

穿着大衣的陈毅被敌人一把抓住

他急中生智将衣服向后一抛

狼狈地从浓雾中逃脱

纵是经验丰富的沙场老将

在赣南的荒漠里似乎也一筹莫展

新年的瑞雪并没有浇灌出迎春的花

冬的寒雾遮蔽了阳光

红四军以每日45公里的速度强行军

进入罗福嶂山区，在闽、粤、赣

三省交界的混合地带

红四军前委会议在匆忙中拉开序幕

分兵与集中像占卜的两极

在将领们中举棋不定

毛泽东一锤定音：坚决反对分兵

决定"军委暂停办公"

会议果断强势，效果立竿见影

重整旗鼓的部队向北转移

静待时机，准备将

穷追不舍的敌军瓮中捉鳖

1929 年的除夕注定会是吉祥的日子

眷顾红军的转折点悄悄降临

失败并没有消沉将领们坚忍的意志

在零星的鞭炮声中

毛泽东和朱德敏锐地把握战机

诱敌深入从瑞金城到大柏地

30 公里的诱饵迂回曲折

散发出年夜饭般的香味

他们决定在大柏地收网

麻子坳布下巧夺天工的口袋阵

痛快淋漓地打响新春的

第一场胜仗

彩虹是美的，美得让人心醉

"赤橙黄绿青蓝紫，谁持彩练当空舞?"

我们无法体会久旱逢甘露的欣喜

更无法想象绝处逢生的狂欢

在那个小小的大柏地

胜利超越了纷争，超越了

压抑中的负面情绪

村口的林子飘散着呛人的硝烟

枪管的余热还在传递激情

战士们第一次发现赣南山林之美

☆

落雪的和声
——古田，1929

第一次品尝甜蜜的滋味

这是一丛火，足以

燃烧的胜利之火

是一颗星，足以照亮

荒芜之地的星光

大柏地战斗像强劲的引擎

带给红四军前进的马力

在东固在宁都在广昌

队伍越走越长，步伐越走越整齐

红旗再次高高飘扬，像巨大的指南针

指向春光明媚的前方

上海的阁楼里，来自红色疆场的消息

断断续续，像春天里的细雨

周恩来担心弱小的红军夭折在

狂风暴雨的荒野，担心

朱毛将领的安危

这支希望之火倔强地在

井冈山的悬崖峭壁中升起

忽明忽暗尚未燎原

他焦急地等待，等待来自大山的红歌

窗外大街上的白玉兰开始吐蕊

仿若传来淡淡的清香

他在心里祈祷那个特立独行的人

再造井冈山的奇迹

春天终于如期到来

在落叶之后开花之前

赣南的雪早已消融，故乡却

始终没有消息

红四军伸展着腰身，无时不惦记远方的

山和水，惦记红五军的战友们

他们知道，井冈山的冬天尚未结束

单薄的寒衣难以抵御狂风肆虐

梦想有一天，回到

日夜思念的红色家园

闽西的羊角花开

一夜春风　闽西大地次第苏醒

羊角花穿着红彤彤的衣裳推开山门

高声朗诵红色的诗篇

闽西特委收到来自赣南的喜讯

朱毛的队伍越来越近　一脚踏进了闽西

一脚又退回赣南

他们急切希望朱毛红军迅速到来

最是一年春好处

落雪的和声

——古田，1929

闽西正向生机与希望进发

在永定溪南，红色成为最吉祥的颜色

红旗飞舞在插满秧苗的田野

一畦畦的田地里，戴着斗笠的客家女

像跳着欢快的采茶舞，将劳作

化作轻盈的舞姿

血泪早已变成

勤劳的汗水

溪南，闽西第一个区苏维埃政权的建立地

闽西第一个开展土改分田的实验地

树起闽西土地改革的光辉旗帜

成为中国共产党人实行土地改革的标杆

1928 年 8 月，一年中最热的季节

溪南的温度比任何一年都高，热得群众的心里

沸腾，热得村庄响彻革命的歌谣

溪南区苏维埃政府正式成立

拉开溪南土改分田的序幕

这是闽西轰轰烈烈的"四大暴动"

盛开的革命之花。这朵鲜艳的花儿

从 1928 年开到 1949 年，开到

人民当家做主真正站起来

从未凋零

当我来到闽西"四大暴动"的旧址，竭力想象

如雷鸣闪电般轰轰烈烈的革命斗争

在穷乡僻壤爆发时的情形

是谁扯起第一面红旗，是谁勇敢地举起枪

向敌人瞄准，是谁向着敌人的炮楼冲锋

……

在那些简陋的建筑面前，我生怕教科书里

单调的表述对事实造成伤害

☆

落雪的和声
——古田，1929

那些革命者

他们可能是我的叔公，我的婆太

我的亲戚中的某一个

他们从来都是普通人，从来没有进入过正史

没有进入过任何庄严的场合

他们的名字总被"他们"两字代替

但是他们都曾沐浴过胜利带来的荣光，然后

默默地将往事掩埋，让太阳

将幸福照耀

在后田暴动所在地，东肖镇已经成为一片热土

作为中心城市的一部分，每天

都在日新月异地生长，长成

高楼大厦，长成

陌生的模样

我们惊讶于东肖的独特，与红色革命相伴的

是著名侨乡的美名。一栋栋宏大的

东南亚风格的洋楼百年如一日地伫立

在飘着稻香的田野中间

东肖人用两种不同的方式诠释着

爱国爱乡的深刻内涵

1928 年 3 月 4 日夜，火光照亮后田

揭开了闽西工农武装起义的序幕

打响了福建工农武装起义第一枪

郭滴人、邓子恢等人在暴动中走向成熟

张溪兜以女性的坚韧走上革命舞台

后田暴动和随后的平和暴动

成为闽西 1928 年 3 月最耀眼的星光

6 月的风暴如十二级的台风

再次在闽西大地掀起革命高潮

在蛟洋，地主家庭的留日律师傅柏翠放下

少爷的身份，放弃肥沃的土地

迫切地加入革命者行列，握起战斗的长枪

在 25 日早晨点燃革命暴动的引线

面对敌人来势汹汹的围攻

他和敢死队员在黄泥岗短兵相接

战士的鲜血染红了山冈

宁静的家园毁于一旦

他没有退缩，没有放弃

毅然走向革命洪流

最隆重的仪式总在最后到来。比如此刻

6 月将尽的日子，闽西暴动总动员

将永定暴动推向革命高潮

湖雷金丰农民武装来了

溪南的农军来了

张鼎丞和他的战友们将熊熊燃烧的战火

点向顽固的永定县城

一天、两天、三天，冲锋退却，退却冲锋

永定县城在炮火纷飞中摇摇欲坠

队伍在残酷的战斗中成长，并结为

更加牢固的红军队伍，拉开

全省游击战争的第一幕，结下

溪南土地改革分田分地

累累硕果

这是等待耕耘的土地

天时地利人和，只等待惊蛰

那声春雷，挥舞猎猎红旗

中共福建省委向中央报告——

省委已指示长汀、上杭、武平三县委

设法同红四军联系，向红四军报告当地的情况

希望红四军来到闽西长汀、武平、上杭一带

作短时间休息，以补充体力给养
早春三月，鼓角相闻
闽西的红旗早已迎风招展，期待与
来自井冈山的军旗
在汀江河畔会师

汀州的春水流

每个人都从长岭寨大捷开始

说到红四军入闽，说到朱毛红军打汀州

说了 90 年，必定还将继续说下去

有人说长岭寨的春天

永远停留在 1929 年 3 月 14 日这天

天降神兵击毙旅长郭凤鸣

打垮福建省防军第二混成旅

他的手下，落荒而逃的卢新铭、钟铭清

直到白砂战斗上杭战斗，还会被我们

狠狠痛打

胜利之师浩浩荡荡打进汀州古城

城外的春风吱的一声

吹开厚重的汀州城门

千年唐柏翠绿依旧，好奇地

张望汀州试院

等待一场千古之变局

青砖黑瓦的大宅院刷上红军标语

红旗在街头巷尾流动挥舞

打土豪劣绅　组织街头宣传

成立党团机构　扩大红军队伍

汀州城的苦情歌唱成了

嘹亮的红色歌谣，将三元阁里

多年的尘埃纷纷震落

朱毛首领坐在宽大的院子里

舒适地翻开来自南京上海的报纸

敌人的消息如三月的飞花

目不暇接地冲进眼眶

他们如痴如醉地阅读分析，犹如

品一壶醇厚的岩茶，或者

一壶上好的客家米酒

在这红军攻下的第一座州府里，他们度过了

开春以来最为惬意的时光

蒋桂战争作为一首词，早已名扬天下

对于远在闽西的朱毛红军，军阀混战无疑

是一个福音，是一次绝佳的喘息机会

汀州城里的毛泽东，闲庭信步中

敏锐地捕捉到蒋桂之间一触即发的战火

他仿佛看到蒋介石摸着光头，挂着文明棍

落雪的和声
——古田，1929

气急败坏的模样，仿佛看到湖南湖北

隆隆的炮声，蒋桂两军撕咬着不肯松手

他的思绪里关于红军的千万思考

可以在这个春天里一一实施

汀州城里的裁缝被集中起来

成为服装厂的新工人，日夜加班

青灰色的布匹，在裁缝师傅的手上

魔术般裁剪，变成一件件

崭新笔挺的红军服，还有缀着

红五星的红军帽、新绑腿

堆积如山的红军服装飞快地送到战士们手中

4000 名红军战士穿上统一的红军服

昂首挺胸走在大街上，整齐划一精神抖擞

古老的汀州城被年轻的红军战士帅醒

一街都是羡慕和欢呼声

他们无疑是 1929 年汀州的

时尚先生

金沙河旁的辛耕别墅，在主人卢泽林离开后

成为红四军政治部、司令部所在地

朱毛首领一并住进这座宽敞堂皇的别墅

演绎着汀州 17 天的红色传奇

在这里，毛泽东用他最擅长的调查研究

请来老裁缝、老佃农，还有钱粮师爷、老教书先生

甚至请来老衙役和流氓头子

毛泽东召开六种人座谈会，摸清汀州的

政治经济和民情风俗

《告绿林兄弟书》《告商人及知识分子文告》等

从辛耕别墅传到城里城外，传成一条

沟通军民的红色之路

他指导汀州城的党组织和革命群众

组织群众建立革命政权，履行

当家做主的权利与义务

长汀县革命委员会在革命浪潮中建立起来

成为闽西赣南第一个县级红色政权

辛耕别墅的 17 天

留给后人无限的探究与畅想。这里

有雄才大略的蓝图绘就，也有

喜结良缘的红色美谈

在标注着朱德旧居的地方，游人总会

多待上几分钟，去回顾红色岁月里

难得的甜蜜时光

在这里，43 岁的朱德与 17 岁的康克清

跨过年龄的鸿沟，走进

爱情的殿堂，开始相濡一生的守护

少女康克清，井冈山时期女战士

刚刚从战火硝烟中下来，带着羞涩和崇敬
从辛耕别墅东院搬到西院，短短几十步
完成她一生最重要的选择

辛耕别墅的辉煌属于 1929 年 3 月 20 日
历史清楚地记录下这一天
召开的红四军前委扩大会议，郑重做出决定：
"以赣南闽西二十余县为范围，
从游击战术，从发动群众
以至于公开苏维埃政权割据，由此
割据区域以与湘赣边界之割据区域
相连接。"
这是天降神笔，需要巨大智慧
做出创建新的革命根据地的战略决策
也是具有远见卓识，规划出
中央革命根据地蓝图！

☆

落雪的和声

——古田，1929

我们所说的中央苏区，在这一刻

开始它的十月怀胎

辛耕别墅有幸

见证了伟人的洞见

辛耕别墅有幸

成为战略部署转折点

汀江在多情的春天如少女般成长

欢快地拍击古老的宋墙明砖

她很清楚自己的来去

上游是山涧，下游是大海

时势不可违，季节不可反

她在这个春天已没有遗憾，她和这座古城

经历着刻骨铭心的时代剧变

她知道，旧时光已经一去不复回

新的一天到来了

战士的诗篇之一·革命者来

1927年8月1日凌晨

猛烈的枪炮声呐喊声冲击着

浑浑噩噩的南昌城，我和一群战士

戴上红巾，在嘈杂而混乱中

走向新生

我，战士刘向荣

和红旗一道，从此踏上

披荆斩棘的革命之路

长长的队伍传递着青葱的信念

战斗激情荡漾心扉

南下的征程让我在战火中

成长为真正的革命战士

如今，我站在汀州城墙上

看见六百里汀江汩汩南流

从汀州到潮州汇成浩瀚之势

奔腾入南海走向太平洋

而我分明看见两年前的起义军

从南昌到赣南到汀州到潮州

相同的线路不同的结局

潮汕之地成为起义军的滑铁卢

折戟沉沙血本无归

当炮火横飞队伍被切割，当鲜血

流进大地江河，我以为只是

东风不与周郎便

直到今天，我才发现

世事沧桑，远非对古抒怀那么简单

1927 年 10 月，天心圩广场

我和战士们疲惫而凌乱地站立着

从两万官兵到不足 800 人，我亲眼看到

什么是兵败如山倒，什么是

屋漏偏逢连夜雨

茫无头绪的三河坝，正如

人生的三岔路口

我选择跟随朱德军长

选择相信，就是选择军人的

一诺千金，决不为

两块银圆放弃军人的底线

在走上井冈山的前夕，朱德军长

对着我们进行最后的动员——

"大家知道，大革命失败了，我们的起义军

　也失败了！

但是我们还是要革命的。

同志们，要革命的跟我走；

不革命的可以回家，不勉强！

……

只要保存实力，革命就有办法。

你们应该相信这一点！"

10月的阳光照耀我们走上井冈山

会师龙市镇

因为选择相信，我走进了红四军的大家庭

拥有了一个光荣的名字——

红军战士

在井冈山的寒冬腊月，在敌人

一次次的"围剿"中
我们如五指峰的青松，如
悬崖上的灌木
只要有把土，就能立住脚
只要有空气，就能长出一片绿

井冈山五彩斑斓的冬天，在枪炮声中
我长出厚实的肌肉，成为
光荣的共产党员
党代表告诉我，寒冬中的选择
更能经风霜，更能守真心
走下井冈山
面对赣南复杂情况，部队再次
陷入南昌起义时的困境
后有追兵前有围堵，不少战友负伤牺牲
队伍里悄悄流传着分散游击的消息

☆

落雪的和声
——古田，1929

要将朱毛分成两支队伍

但是，这一次

我心里亮亮堂堂，丝毫没有过怀疑与失望

相信朱毛不会分

就如当初跟随军长上井冈一样

守得云开见月明，红军队伍愈挫愈勇

我们向着胜利奔跑

长岭寨大捷，我骑着白马

享受首长待遇，喜气洋洋进汀州

立刻住进卧龙山下福音医院

我不得不面对现实：

在不堪一击的敌人面前

作为少数几个伤员，本人

光荣挂彩左腿受伤！

看着熟悉的医院，两年前

汀州的日子历历在目

儒雅的院长傅连暲带领医护人员让

300 多名伤病员得到有效治疗

在安静的病房里，傅院长仔细检查伤口

亲自为我消毒包扎

他温暖的手掌成为我

最美的记忆

离开汀州回师赣南

我早已恢复健康穿上崭新的红军服

在焕然一新的队伍里

我闻到新鲜的气息

有人说那是红军服装的味道

也有人说那是春天里胜利的味道

☆

落雪的和声

——古田，1929

我看见队伍里的毛委员

清瘦的身子步履从容

他和朱德军长谈笑风生

一转眼走在队伍的最前头

夏风与龙岩

回师赣南与闽西的等待

独自一人的时候，烟雾像一团愁云

笼罩在他上方

我们的前委书记毛泽东

显得心事重重

朱德军长坐在他旁边，也卷起纸烟

知道他挂念井冈山上的兄弟们

袁文才的不辞而别，土客籍之间的矛盾

搅得他茶饭不思默然泪下

他一定想起首次见面的情形

想起井冈山的雄浑乐章

想起肝胆相照的生死情谊

彭德怀毫不犹豫地走上井冈山

在生死攸关的抉择面前

在雪飘漫天天寒地冻的天地之间

他以最大的党性自觉坚守陌生的阵地

两天两夜粒米未进

率领 5 个连 700 多名衣着单薄的战士们

死死防守着井冈山 5 个哨口

面对 2 万多敌人压境，他选择保存

有生力量，机智地突出重围

他身先士卒

在敌人炮火中杀出一条血路

当得知红五军正在瑞金时

毛泽东、朱德立马决定

策马挥师回赣

1929 年 4 月 1 日，不是传说中的愚人节

是绝处逢生的喜悦，是惺惺相惜的

信任与感动

彭德怀带着歉意报告井冈山失守的经过

沉默着的毛泽东听着亲切的

湘潭乡音，听着他自责的口气

眼珠泛红眼眶湿润

紧紧握住彭德怀的手说：

这次很危险，

不应该留你们守井冈山！

这一句已抵过千言万语，一切的痛苦不快

全都烟消云散

历经风雨的革命队伍，彩虹初现

☆

落雪的和声
——古田，1929

红四军、红五军的给养和兵员得到补充

嘹亮的歌声再次回荡

打土豪分田地攻城池得胜仗

飘扬的旗帜下，乱象

瘟疫般开始呈现

私打土豪私分浮财，打骂士兵

随意枪毙杀人

毛泽东深感忧虑，决定

狠杀歪风邪气，严肃惩处涉事官兵

革命与民生是一对孪生兄弟

共产党举行革命暴动，领导人民

分田地，实现了千百年来

农民的根本理想——

耕者有其田

以前是梦想，现在是现实

是可以闻到泥土清香的鲜活现实

毛泽东深入农村调查

研究土地改革分田分地

在兴国的田埂上实地察看

在贫农中农的家中访问

他一手研究中共六大精神，一手

结合土地革命实际

修改《井冈山土地法》，制订出

更为明确的《兴国土地法》

这是兴国第一次出现在中国革命史

拉开他模范篇章的序幕

在环山拥抱的上杭蛟洋，闽西特委书记邓子恢

眼睁睁看着朱毛红军回师赣南

留给他一脸的遗憾与惆怅，他数着

朱毛红军在汀州的日子，听着汀州城传来

振奋人心的消息

他和特委同志一遍遍地筹划

迎接朱毛红军的每一个细节，想象

握着他们的手，告诉他们

闽西火热的革命场景

他坚信闽西的革命已经万事俱备

只等朱毛红军燃起更加猛烈的革命之火

邓子恢、郭滴人、张鼎丞、傅柏翠……

一个个耳熟能详的名字，代表着

闽西革命的高峰，他们自觉地追随

中国共产党，在家乡的土地上

领导革命暴动，带领农民分田分地

创下南方土地革命的典范

如今看来平常不过的金谷寺

却是著名的永定暴动策源地

闽西党组织领导人民在此留下光荣印记

1928 年 7 月，福建省第一个工农红军营成立

8 月

福建省第一个区级红色政权溪南区苏维埃政府成立

这里见证着革命的武装暴动，也见证着

分田分地经验的横空出世

闽西的革命党人，以高超的革命艺术

创造性地开展武装斗争、土改分田

留给后人宝贵的精神财富

在蛟洋闽西特委的油灯下

邓子恢奋笔疾书，他要写出千万条理由

请朱毛红军再次入闽

他迫切需要建立闽西红色割据区域

建立起和井冈山一样的

红色革命根据地

他憧憬着能够与毛泽东长谈
像学生一样向他请教
他细细地将写好的信笺送给红四军
期待一个光明的未来

红旗跃过汀江

初夏的风徐徐吹过

众芳摇落，路旁的桐花洒满小路

落英缤纷独享人间一份高洁

红四军的兄弟们刚刚告别红五军

又重新踏上战斗的征程

江西省政府主席朱培德，这位

朱德军长的老同学老上司

正率领 4 个旅的兵力扑向他们

毛泽东、朱德收到闽西特委的"鸡毛信"

相视一笑，决定避开敌人进攻锋芒
立即南下第二次入闽

这是一次冒险的历程
山区的五月正值梅雨季节，比雨
更猛烈的是敌人的围追堵截
赣敌李文彬部的狗鼻子嗅到红四军
入闽动向，立即穷追不舍
从瑞金出发到长汀古城、四都
敌军像粘手的糍粑，一时难以甩掉
恐惧的闽敌败将卢新铭
听到红军就像做了一场噩梦
他再也不敢重蹈长岭寨覆辙
准备守候在汀江东岸与赣敌两军夹击
将红四军葬身滔滔汀江

毛泽东面对前后夹击镇定自若

在濯田的临时办公桌上，挥就两封信：

一封给闽西特委书记邓子恢，要求做好策应

一封给上杭地方武装负责人傅柏翠，要求与

　　之会合。

对于邓子恢、傅柏翠，毛泽东的心里也许

上百次描摹过他们的形象，此刻正盼望着

和他们

同舟共济开创闽西新天地

匆匆修书完毕，他和部队再次出发

满怀信心地向红四军的处女地

快速推进

汀江，闽西境内最大的河流

能否跨过这条客家人的母亲河，成为

红四军胜败的关键节点

在现代科技尚未登场的年代

借助山川地形成为决定战争的重要手段

初夏的汀江，适逢山洪暴发

宽阔的江面顿时更加阔大，只见

一片惊涛骇浪，洪流滚滚

朱毛两人胸有成竹

3 月的汀州 17 天，早已将革命火种点燃

这不是一支部队在战斗

长汀的党员和群众站成铜墙铁壁

和红四军共同对付来犯之敌

兵贵神速。这是一次争分夺秒的出击

精神抖擞的红四军

犹如天兵天将直扑濯田水口

5 月 20 日清晨，雾霭中的红军紧张有序地

排列在水口的码头

9 条渡船、18 名经验丰富的船工

早已守候多时

一声令下，渡船以最大速度向对岸进发

水流湍急的江面上

像黑白键盘不断起伏

演奏出优美激昂的乐章

18 名船工勇敢地

指挥着战斗交响曲

一次次在与洪水搏击中

顽强渡到对岸

胜利的号角响起，朱毛红军

全部安全渡过汀江

将敌人目瞪口呆的表情丢在对岸

闽西上杭，大雨并未减弱战斗的激情

在朱毛红军强渡汀江的时刻

☆

落雪的和声
——古田，1929

邓子恢召集闽西特委成员，紧急指示——

"西南武装集中袭击永城敌人，并

开来东五区游击，直上庐丰，

威逼上杭城，金丰武装向湖雷移动；

北四区尽量发展广大群众向

华家亭、白砂游击，直迫杭城；

龙岩大小池，布置一个暴动局面……"

这个在永定、龙岩、上杭三县骚扰敌人的计划

成功迫使敌人疲于应付

朱毛红军顺利进军闽西

在邓子恢的心中，藏着一个宏伟目标——

"不仅将打开闽西革命局面，而且

可以借红军主力消灭闽西军阀，

发展革命力量。"

在连城庙前孔清祠，两双大手紧握的那一刻

毛泽东的一句"柏翠同志你来啦",让
"闽西王"傅柏翠铭记终生。他不会想到
1929 年这段岁月,正是他人生最光荣的一页
在他与伟人朝夕相处的日子里
肝胆两相照,结下的深厚革命情谊
成为他一生财富,也成为他
最有效的护身符
1921 年,毛泽东参加中共一大
傅柏翠回乡成立民团
8 年之后,终于有了人生交集
在革命风口浪尖的非常时期

大鹏的起飞有了坚实的土地,终能展翅翱翔
朱毛红军在闽西如鱼得水凯歌高奏
旭日东升的苎园村口挤满人群,夹道欢迎
英勇的朱毛红军。在村口的田埂上

朱德军长的讲话激动人心——

"我们是中国工农红军第四军，

是工农群众自己的队伍……

劳苦大众要翻身解放了！"

他们并未停下脚步，进古田，驻小池

一鼓作气攻下闽西重镇龙岩城

开启又一段光辉岁月

从湖雷到白砂

五月带来胜利，也带来远方的"马克思主义"
刚从莫斯科回国的刘安恭，操一口四川口音
讲着来自苏联正统教科书的经典著作
从上海来到红四军，来到朱毛身边
摇身一变坐上金交椅，成为红军首长——
临时军委书记、政治部主任……
头衔代表着责任，更代表着权力
他最为反感毛泽东"山沟沟里的马克思主义"
在前委会议上，他毫不客气地批评——

☆

落雪的和声
——古田，1929

"红四军的规章制度

在马克思列宁主义的经典著作上都

没有记载，一个字都对不上号。

都是你们自己搞的，不合规范，土里土气，

农民意识太强，

应该废除。"

莫斯科和上海，代表着无上的

权威和绝对正确

但对毛泽东并非有效

从"八七"会议上喊出

"须知政权是由枪杆子中取得的"开始

到秋收起义提出"支部建在连上"

继而创建井冈山革命根据地

从来都不是莫斯科和上海的意思

面对高高在上的刘安恭，他说：

"脑袋长在自己肩上，文章要靠自己做，

苏联红军的经验要学习，

但这种学习不是盲目的，要同

中国革命的实际相结合。"

这是多么深刻的顿悟，却在中国革命的

进程中走了多少弯路

付出了多少悲痛的代价？！

那些言必称马列的留苏"权威"

仅一句"句句照办"就足以将中国革命

引向失败乃至毁灭的边缘

毛泽东坚持走自己的路。胜利

并未影响他的思考，他将建设红军的任务

时时背在肩上记在心里

在撤离龙岩城攻占坎市镇之后

红四军司令部的布告里，第一次

落雪的和声
——古田，1929

出现了"三条纪律八项注意"

他知道，革命不是请客吃饭，不是

做文章，不是绘画绣花

认识真理的道路是在不断斗争中

走出来的。前路蜿蜒崎岖

他有决心在坎市翻过革命道路中

一道道坎一条条坡

树欲静而风不止。刘安恭的到来

还是掀起夏天里的十二级台风。纵然闽西山区

有一道道高山作为天然屏障，红四军

内部的狂风还是吹得人晕头转向

刘安恭在军委会议上断然宣布：

前委只讨论红军行动问题，不要管

军队的其他事！

一纸决定撕碎红军制度，更撕裂官兵思想

在永定湖雷召开的会议上

刺耳的声音犹如锐利的刀锋——

"书记专政""家长制"……

哪一顶帽子都可以将人打倒，更何况来自

朝夕相处的战友同事

毛泽东没有消沉，正更长远地思考

极端民主化泛滥之后带来的严重后果

纵横驰骋百里奔袭，朱毛红军

与闽西地方武装，在粤系军阀与闽南军阀的

爪牙之间，自由穿行

争论在胜利的喜悦中上升为巨大隐患

毛泽东知道危险正一步步逼近

成长中稚嫩的红军。他必须在痛苦中

做出抗争，发出庄严的声音

白砂战斗第二天，在那个叫早康的小村子

再次举行前委扩大会议
试图解决目前严重的状态

毛泽东怀着壮士断腕的决心
在严氏宗祠里，面对 41 位代表
开诚布公地列举红四军党内存在的主要问题
提出必须解决问题，否则无法工作
只能离开前委
针对临时军委的滥用职权，他通过投票表决
以 "36 票对 5 票" 的压倒性优势
取消临时军委。言必称马列的刘安恭
丢掉了军委书记帽子，继而
丢掉了政治部主任的帽子

在早康，有一个人总会被反复强调
他处于事件之外又成为打开

潘多拉魔盒的人

他叫林彪，红四军一纵队司令员

向前委书记毛泽东写了一封措辞激烈的信

观点鲜明地支持毛泽东反对朱德

他对毛泽东写道：

"党内有错误思想发生，你应

毅然决心去纠正，不要以不管了事。"

毛泽东拆开留着墨香的来信，压抑已久的心灵

顿时有高山流水般的感动

在新泉那个冒着氤氲热气的温柔之乡

连夜书写一封 6700 多字回信，决心与一切

有害的思想、习惯、制度做斗争。从此

36 岁的毛泽东开始关注这位 22 岁的年轻将领

开启他们长达半个世纪的革命关系。历史

往往如此诡异，又

让人如此着迷

赞生店之夜

6月18日，龙岩小池。朦胧的月色

照在赞生店大坪寂寞的身影上

烟火也孤独，萤火虫般忽暗忽明

似乎随时会熄灭。他一根接一根抽着

呛得他几乎咳出声来

楼上正研究三打龙岩城的会议，不时

传出争辩的声音。他知道

明天是一场胜券在握的战斗

指挥员的队伍里却不会有他的名字

就如此刻，楼上已容不下他

一张窄窄的板凳

几天前，他不愿担负这不生不死的责任

辞去前委书记。未曾料到连参加

会议的资格也被剥夺

作为红四军缔造者，留在他身上的

只有前委委员名分

他想起那些"家长制"之类的指责，忧虑

结成缕缕挥之不去的烟圈

每个人都希望绝对的自由，对于管束

具有天然的抗拒。但是，一支革命队伍

如果不经过严格的改造，正确的教育

怎么能担负起执行革命

政治任务的重任

他的做派，显然与"自下而上的民主"

站在对立面

我们不知道这天夜里的毛泽东

是否后悔将林彪的信公布在《前委通讯》上

也许他并不曾后悔，他要的就是坦荡

无论对错，都能摆到桌面上讲

道理不摆不明。即使他和朱德之间不同意见

被官兵称之为矛盾，他同样相信

没有蹚不过的河，没有

解决不了的问题

刘安恭和林彪的出现，恰好

为解决红四军成立以来的问题打开缺口

他知道阵痛很快会到来

也必将过去

他和朱德都是逼上梁山，革命

使他们殊途同归

在南昌起义部队遭受重大损失的关键时刻

朱德挺身而出率领队伍继续革命

秋收起义的枪炮声中，毛泽东果断决策

带领队伍在井冈山播下革命火种

他们以最大的革命自觉

站立在大厦将倾的关键时刻

挽救中国革命

井冈山的 200 多个日夜，红四军早已

成为一个不可分割的整体

朱毛红军的旗帜从小小井冈

传遍中国大地

小池的夜让他想起柏露村的夜晚

因为去留井冈山的问题，他和朱德军长

第一次激烈争论，最后他同意"围魏救赵"

后来是闽赣边界的罗福嶂会议，他不同意分兵

甚至撤销临时军委

他和朱德军长之间的公开争论，保证了半年来

红四军的胜利道路

他是多么希望多一些争论，多一些

摆事实讲道理。但是，刘安恭到来后

坦诚相见的平衡被打破

甚至他还闻到危险的火药味

夜虫在欢快地鸣叫

夏夜的清凉未能平复毛泽东的心绪

他望着对面古老的龙池书院，突然涌上

去当教书先生的念头

这位长沙第一师范学校毕业的学生

虽然没能继续当老师

却把思想启蒙与教育当作毕生事业

在三尺讲台上展露本色，仅是

他革命工作中的闲暇

但是此时，他感觉到教育的必要

感到"枪要指挥党"的危机感正从

红四军队伍中蔓延开来

第一次攻打龙岩城前夕，他和朱德率领

队伍马不停蹄进驻小池

在赞生店二楼的客厅里，他主持会议

部署攻打计划——

一、三纵队正面攻击，二纵队

绕道从左翼迂回，攻占北山，断敌退路，

确保战斗取得绝对胜利。

第二天清晨，天色微明

龙池书院、赞生店人头攒动

全部人马整装待发

☆

落雪的和声
——古田，1929

宽阔的大坪上，他和朱德

进行最后的战斗动员

官兵们斗志昂扬向龙岩城

发起进攻

还是这样的夜晚，还是

赞生店的二楼客厅

唯独没有充满辣味的湖南口音

他知道还会有更多的困难在前路等着

还会有更多的未知即将降临

他必须有所准备

他反复琢磨给林彪回信中

列举红四军存在的 14 条表现和根源分析

他觉得不够完善，还可以更加系统

让官兵们有切实的认识

几十年之后

赞生店以革命文物的身份

出现在游人面前

年轻的导游并没有提到那个月色朦胧的夜晚

还有那个月色下踟蹰的思考者

三打龙岩城

小学课文《兄弟便是朱德》

让我认识平易近人的朱德军长，也让我第一次

接触到攻打龙岩城的历史

作者马宁，著名"左联"作家

不得不佩服他的功力，仅短短六字题目

让朱德军长的形象呼之欲出

我们完全可以想象，攻下龙岩城后

敦厚的朱军长是怎样像个伙夫般

夹杂于官兵中

接受城内民众夹道欢迎

他又如何在众人的企盼中，登上主席台

将四川腔的普通话讲得亲切有力

最为倒霉的是陈国辉。这位脸面丢尽的

福建省防军第一混成旅旅长

比一枪毙命的郭凤鸣，更为狼狈可笑

一而再再而三地吃败仗

最后连老本也丢尽——

除了他只身逃脱，主力2000多人全部被歼

900多支步枪、4门迫击炮

6架水机关枪、4架机关枪被缴

他主持的庆功祝捷大会酒肉尚有余温

国民党报纸吹嘘的文字墨迹未干

他已成为光杆司令孤家寡人

中山公园旁刚建成的豪华洋楼，转身易主

成为红四军司令部驻地

6月19日，闽西革命史上难以忘怀的日子

红四军兵分三路发动突然袭击，城内

党组织和闽西地方武装巧妙配合

势如破竹一举攻入龙岩城

敌人鬼哭狼嚎，锁定

三打龙岩城的

最后胜局

从小池到铜钵

从虎岭山下到龙津河畔

红旗插上龙门塔、挺秀塔

插在高高的城墙之上

"闽赣路千里，春花笑吐红。

孤军气犹壮，一鼓下汀龙。"

面对倚山临水的龙岩城，陈毅激情澎湃

赋诗一首《反攻连下汀州龙岩》

五言绝句的简短有力，像

由赣入闽长途奔袭的红四军

以长枪短炮、尖刀长矛冲进阵地

连环出击不留痕迹

它和《清平乐·蒋桂战争》双峰并峙

抒写着红四军入闽的壮丽画卷

一个月时间连续三次攻克同一城池

不仅是中国工农红军的第一次

在世界军事史上也极为罕见

可怜千年龙岩城，碰上个臭不可闻的守门员

后悔得要跳进龙津河

朱毛红军和陈国辉部玩猫捉老鼠的游戏

"敌进我退，敌驻我扰，敌疲我打，敌退我追"

红军的游击战术已运用自如

成为红军初创时期首个著名战例

"三打龙岩"与长征中的"四渡赤水"

交相辉映

红四军党内矛盾并未在

胜利面前消失，它像个魔鬼

在每个人心里挠痒痒。红四军前委决定

召开红四军党的第七次代表大会，解决

党内争论问题

6月22日，在龙岩公民小学内召开的会议

非但没有解决问题，反而激起千层浪

成为一次遗憾青史的会议

毛泽东郑重提出的坚持和加强

党对军队的绝对领导

克服红军中各种非无产阶级思想

只得到寥寥回应

在代表们不以为然的表情中

龙岩城错失一次垂名青史的机会

拱手让给了半年后的山凹古田

毛泽东深以为意。他以一票之差

落选前委书记，成为他一生中

唯一一次自下而上的罢免

他认为自己的力量

来源于基层，来源于群众

来源于广大士兵。他铿锵有力的言说

没有获得鲜花和掌声

他痛苦，甚至不理解，站在

龙津河畔的古城墙上

凝望丰沛的河水滚滚向东流去

他想起附近的汀江之水偏向南流

落雪的和声
——古田，1929

近得像兄弟的两条河，却偏偏不肯汇合
一东一南越走越远

不是毛泽东，不是朱德
主持会议的陈毅被推上前委书记的座位
28 岁的前委书记如坐针毡，自感
会议没有开好。没有人理解他的良苦用心
殚精竭虑两个昼夜起草大会决议案做出
最终选择——
"对毛书记我打了他一棒，
对朱军长我也打他一棒，
对刘安恭我也打他一棒。"
后来史学家说，这是各打五十大板
没有人满意最终结果，他只好自嘲——
自己是夹在中间的郑国

战斗的硝烟散去，如激情之后的
一地鸡毛。一切都回归现实
回归军队生活的日常
红四军前委的高层，正面临
何去何从的严峻考验

战士的诗篇之二·家书

战火与战火之间，是蔚蓝的天空

是开满鲜花的大地

我躺在山头的斜坡，咬根狗尾巴草

唱一首家乡的山歌。家乡叫远方

扛起枪就不知什么时候才能回的地方

父亲在堂，忘记了他的模样

我默默地写下思念的信

托白云，寄给

远方的他们

父母双亲，我要将第一封信寄给你们

18 岁离家报国，离弦的箭一去不复还

旧东家鱼肉百姓，儿当苦力无人理

幸而二七年弃暗投明，跟上

新主闹革命。三十功名尘与土

八千里路云和月

我上井冈遇朱毛，红军队伍苦中乐

红米饭南瓜汤，是最香甜的记忆

吃得人们里外一般红

打稻草睡地铺，是我最安稳的床

压不垮踏踏实实打呼噜

官兵一致不生疏，其乐融融

恰似一家人

☆

落雪的和声
——古田，1929

亲爱的双亲大人，身体安康否？

儿不孝未能服侍且远游

国之动荡家园不兴，原以为平生之志

光宗耀祖衣锦还乡。然红旗飘过

经革命浪潮洗礼，才知自己无知且愚钝

共产主义理想点亮心扉，才使自己

饿其体肤，劳其筋骨，无论多少困难

无论前路多么渺茫

我不再气馁，决心向着红旗飘扬的方向

前进，前进，直到家乡

不再贫穷，家人不再受苦，双亲大人

吉祥安康

我的朋友，我要将第二封信寄给你们

你们是和我一起长大的伙伴

父母租着族里的田，终年吃不上一顿饱饭

我们放着地主家的三只大水牛，牛肉的滋味

　　也没闻过

族里的私塾，我们断断续续读过"四书五经"

没有人告诉我们为什么贫穷

没有人告诉我们出路在哪里

家里穷得叮当响，父母说那是命

族长和地主家富得流油，他们恶狠狠地说

那是命。我们曾经反抗过命——

偷地主家的地瓜，踢地主家的狗

千百次咒骂过他们为富不仁

可是他们毫发无损，只有我们

长工的儿子，还是长工

☆

落雪的和声
——古田，1929

你们在田里耕作的时候

我独自离开家乡，去寻找一条活路

千回百转，终于站在红旗下

站在和我们家乡一样的山村，却分明是

两个完全不同的世界

在这里，我第一次吃饱了饭，第一次学习

新文化新知识，第一次

挺直腰杆，成为有尊严的人

有盐同咸，无盐同淡

官兵一致让我们感到温暖

我的伙伴们，欢迎你们加入红军的队伍

去创造新的生活

我的妻子

假如我有妻子的话，我同样要给你写信

在以前，我从不敢奢望自己能够成家

现在，我相信只要战胜敌人

就一定会有亲爱的你，和

我们亲爱的家

在闽西的日日夜夜，毛委员、朱军长带领我们

打土豪分田地，亲眼看到

赤贫的农民分了田

老光棍娶上媳妇

低矮的平房有了生机，家家户户

参加革命热火朝天

我的妻子，我要你有健康的体魄

在属于自己的土地上

种上水稻、红薯，每年金秋时节

收获我们的快乐

☆

落雪的和声
——古田，1929

我的妻子，我要你有善良的品格

一日三餐服侍双亲，替我代行孝心

让父母在不受欺凌的日子

享受幸福的生活

我的妻子，我要你有微笑的脸庞

因为笑容会使你变得年轻

使你有耐心等待我胜利归来

等到那一天，我脱下军装放下长枪

抬起锄头，和你一起耕耘在

一亩三分地。让庄稼长出饱满的粮食

喂养亲爱的你，还有我们的家

我的孩子，正在妻子身边的孩子

假如我有孩子的话，一定

好好给你写信，写给未来的你

贫穷让我失去学习的机会，战争让我

无法享受天伦之乐

当我和战友们将胜利的红旗插在城市和乡村

同时也将建起一座座学校医院

你会在妈妈的陪伴下

走进宽敞的教室，会有漂亮的老师

教你语文和算术

会有宽阔的操场，让你

奔跑嬉戏，会有快乐的同学

唱着希望的歌

孩子，也许我不会有孩子

战争随时会让人失去生命

但我仍然要写下这封信

希望会带给人动力，带给人无限可能

我们用血汗为民众谋一份幸福，也必将

给自己一份幸福

如果有这份幸福，我一定全部给你

我的孩子

秋菊与上杭

文昌阁里播火种

7月的闽西，阳光与风雨精力充沛

浓墨重彩地泼在红色大地上

山川中有朝气，如湛蓝的天空

疯长的芦苇，可以听见拔节的声音

神奇的南方仲夏时节，万物生辉

收成与播种交替进行

只要有土地就可以蓬勃生长

没有任何力量能够阻挡

思想的头颅

蛟洋文昌阁上

适合仰望满天星空

90 年前的望星人，是否如

陈子昂一般寂寞

他的孤寂穿越时代，是前行者的孤独

他的挥手指向未来，是远见者

无人知晓的手语

他从红四军离开，决心回到

最初出发的田间地头

获取最为充实的第一手材料

调查研究是他一生的法宝，是中国革命

胜利的秘密武器

从没有人像他那样，热衷将数字准确地

与挥舞的文字并排在一起

从没有人像他那样，将下九流请进

宽敞的会议室，端上热茶

像个小学生恭敬地记下他们的话语

他的脚步从未停止，最喜欢

向陌生的道路出发

在南方的阳光下，在井冈山和闽西的稻田里

他伏下身子，倾听大地有力的回声

他伏下身子，闻到初春里缕缕花香

他伏下身子，看见通往前方胜利的方向

喧嚣与嘈杂暂时远去，他的耳边

再次传来蛙鸣与鸟叫

他的心思扑在即将召开的中共闽西"一大"

失败和打击早已是家常便饭，每一次

成为孤家寡人后，他毅然选择

相信自己的眼睛和脚步

他说"没有调查就没有发言权"

面对来自闽西各地代表，他的笑容凝固

从最基层上来的代表竟然对自己的土地

一问三不知

他郑重地建议会议延迟，代表们先做好调查

再开有针对性的会

带着作业回去的代表们

10天之后拎着沉甸甸的答案来到会场

文昌阁珍藏百年的尘埃

在代表们的掌声中

纷纷扬扬地飘落下来

文昌阁厚重的杉木板经络分明

年复一年风吹雨打，只剩

沉重的叹息。当人世尚且混沌

文明与开放已经从一楼开始启蒙

傅丹初、傅柏翠……傅氏族人

乘着 20 世纪的轮船

将文明之光传递

平地而起的文昌阁从旧学中站立

在新学中走向成熟

它并不满足，在等待

等待一个破茧成蝶的时刻

浓重的湖南口音在文昌阁响起

仿佛有辣椒的味道。一定是闽西的小米椒

红到骨子里，辣到心里头

湖南汉子遇上闽西辣椒，百折不挠

撞到南墙也不回头

他挥舞夹着纸烟的大手，向大会做政治报告

他列举着闽西革命斗争的重大成就

归纳成功经验和存在问题

用一个又一个事实树立起无可辩驳的

落雪的和声
——古田，1929

基本方针政策

它们像思想中的小河

汇成指向胜利的奔腾之川流

他和邓子恢、张鼎丞一道

总结井冈山以来的土改分田实验

他最有发言权，在血雨腥风的岁月里

始终关注着农民的命根子

耕者有其田

成为革命胜利后首要任务

他主持制订《井冈山土地法》《兴国土地法》

在保障贫苦农民最大利益上权衡利弊

同一时期，邓子恢和张鼎丞

总结溪南土改分田经验

创造出闽西分田七条原则

在文昌阁的清风中，三个土地改革先行者

总结形成《土地问题决议案》

这一重大成果

被概括为"抽多补少"土地政策

与一年后南阳会议的"抽肥补瘦"

共同树立起土改分田的标杆

在形成决议的蛟洋文昌阁

傅柏翠领导的蛟洋分田没有写入决议案

正如他自己没有选为闽西特委执委

这位朱毛口中的"闽西傅先生"

在革命中坚持自己的乡村实验，渐渐走向

建设古蛟新桃源的"独立王国"

直到 20 年后，古蛟地区才携着

土改分田的果实走向新生

作为后来者，我并不想说三道四

也不想不懂装懂

巍然屹立的文昌阁

也许因为不单调才更耐看

也许因为有个性

才更值得回味

七月放逐梦想

诵读着"春花笑吐红"的年轻将领

可以冲锋陷阵直面敌人的刺刀

却无法排解"七大"的尴尬

主持会议的他将自己推上最高位

对于坦荡的革命者并非本意

他需要开阔眼界解疑释惑

决定远赴上海党中央汇报工作

七月的最后时刻，敌人再一次向红军扑来

他和朱德赶赴蛟洋，与毛泽东会合

召开前委紧急会议，决定三人各负使命

突破敌人"围剿"也突破自己的樊笼

文昌阁里从容自信运筹帷幄

红四军前委书记陈毅

眼神中满怀希冀

启程走向远方

我不得不再一次提到早康

被史书称为"七月分兵"策源地的村庄

6月的火药味尚未散去

又一次面临重要的决策部署

严氏宗祠不苟言笑

没有毛泽东　没有陈毅

早康村穿梭往来的红军里只有

朱德军长忙碌的身影

他将会场从蛟洋迁到早康

制定分兵游击方案——

"二、三纵队和军部向漳平开，

一纵队（包括四纵队）

留在闽西散开"

让各纵队以最快速度回归调度

完成一场席卷闽西的红色风暴

在中国共产党最初的文稿里，没有

啰唆的文字，一个"开"一个"散开"

显得干净利落，人人听得明白

"开"化成出击闽中的战略部署

"散开"成为留在闽西牵制敌人的具体行动

红四军在赣南闽西的战场上

从保存实力到主动出击，一扫

年初的颓败晦暗之气

面对不断壮大的队伍，准备来一场

落雪的和声

——古田，1929

大开大合挥洒自如的岗位练兵

七月分兵犹如缤纷的石榴花

摇曳在 1929 年夏天的时光里，整个闽西

即将品尝到石榴酸甜的果实

站立在浩浩荡荡的队伍前头

朱德军长总感到最舒坦最有激情

军人本色在他身上，像那枚五角星

永远不会失去光泽

从南昌城到三河坝，从天心圩到井冈山

从赣南到闽西，他从来都是站在

最前列，站在

向未知出发的最前方

他肩负出击闽中的艰巨任务

没有迟疑，迅速从会场

赶赴指定集合地点：白沙

从白砂到白沙，一字之差相隔百里
成为出击闽中的起点

麒麟山麓的白塔惊讶地张望
8月4日的宁洋城
红旗招展子弹呼啸而过
折断的树枝倒在它的脚下，闻到
空气中血腥的味道
战士在炮声中站起
将红旗高高地插上塔顶
胜利的号角响遍小城，欢乐的人群
将"打土豪，分田地"的标语
大大地刷在地主的高墙上
太平桥上，写着革命标语的干竹片
被红军一条条地投入河中
河流成为红色宣传员

☆

落雪的和声
——古田，1929

来到漳平，来到华安，来到漳州

来到那些陌生的城市

红色火种在水中以独特的方式

得以传播

漳平象湖镇杨美村

新建的红四军出击闽中纪念馆

有一件珍贵文物，沉默而厚实地告诉我们

当年出击闽中的往事

这是一幅题壁留款信，字幅

高 0.55 米，宽 0.35 米，墨水竖写

共 4 行 30 个字——

"老板　你不在家　你的米

我买了廿六斤　大洋二元

大洋在观泗老板手礼

红军"

秋毫无犯和纪律严明并不是

空洞的说教

一言一行才能垒起信任的心塔

出击闽中并不是单纯的战斗

教育和争取群众，同样是

军中大事

一封留款信搭起

百姓与红军的连心桥，也搭起

中国革命胜利的根基

高高的戴云山在云雾中沉睡

闽中的山川朦胧而暧昧

朱德军长在艰难中探索前路

闽西特委的建议信如雾中明灯

率领队伍果断折回闽西

重返温暖的红色怀抱

☆

落雪的和声
——古田，1929

在红歌漫天的闽西大地上
喧嚣之中的闽粤赣三省“会剿”大军
黯然退场

金丰大山的困惑

在永定的金丰大山

出产一种叫米特酿的白酒

在遍布黄酒的闽西显得格格不入

这是金丰大山纯净的水

注入滚烫的稻米，凝结成的

南方血性汉子

辣口浓烈是它的性格

舒筋活血是它的品质

我无法猜测 1929 年的毛委员是否

喝过米特酿，因为无法想象

他是否有过喝酒的心情

他从闽西特委驻地一直往南走

走到红色区域的边缘，走到

远离红军的永定金丰大山深处

他真正与老百姓打成一片，和最基层的干部

贴着心肝对话

张鼎丞、阮山、卢肇西、陈正……

这些从永定暴动、溪南分田实验

走出的地方领导人

是他最相信的人，是他掌握

一个地方情况的法宝

他继续使着调查研究的武器

和看不见的敌人斗争

他拖着病怏怏的身子，走访农家

走访革命风暴下的草木民生

是的，他病了。关于他的病，后人多有论述
却连什么时候得病都众说纷纭
我们的伟人不是神，是穿行在闽西
艰难探索前方道路的中国共产党人
他病在金丰大山。曾志回忆说：
"他在永定虎岗一带活动时不知得了什么病，
全身浮肿蜡黄，肚子胀，看起来
病得相当重。"
这种病后来被确诊为疟疾。让我想起
历史上那些贬到我们南方瘴疠之地的官员

场景似乎有些落寞。他来到金丰大山的牛牯扑
将居住的竹寮命名为饶丰书屋
周围是大山丛林，倘若春天

☆

落雪的和声
——古田，1929

尖尖的竹笋会从书屋的泥土中冒出

顶住竹片编成的床

在这夏天的竹林深处，有凉凉的风

和无处不在的蚊虫。对，蚊虫

我一直怀疑是可恶的蚊虫叮着敬爱的毛委员

而且不是一只两只，一定有许多蚊虫

将病毒传染，让他

在炎热的夏天打起"摆子"①

在与世隔绝的天地里，他孤独地

与病毒做斗争

没有他的日子，敌人闲得发慌高兴地宣称

毛泽东被"击毙"山中

共产国际也紧接着刊出悼念的"讣告"

寂寥的日子也会有回忆，甚至

① 指浑身发冷。

可以记上一辈子

1929 年 9 月 17 日，中秋节的牛牯扑

雨，淅淅沥沥地下着

挂着相思的泪

毛委员卧在竹床上听着

不远处传来杀鸡宰鸭的声音

心思早已飞越千重山峰。突然

枪声次第响起，节日的村庄

转眼成为充满硝烟的战场

六七百支枪炮对准小小的牛牯扑

包围圈像竹篾的扎口

越来越小，子弹落在简陋的竹寮周围

他虚弱地指挥撤离，试图起身

身子像棉花般无法动弹

追兵越来越近。看得见彼此隐隐的身影

赤卫队员陈添裕一把背起他

☆

落雪的和声
——古田，1929

狂奔在泥泞的羊肠小道
那双山里人的大脚踩着一路荆棘
将敌人甩在山林
脱险后的他牢牢地记住牛牯扑
和陈添裕三个字
24 年后的 1953 年，他亲自发出请柬
邀请当年的恩人参加国庆观礼

他同样没有忘记林彪
那个在白砂早康会议上支持他的年轻将领
那封信和甚至有些过激的话，给了他
孤寂中战斗的勇气
在大洋坝，从蛟洋到永定的途中
他们再次相遇
一纵队司令员林彪窥见毛委员的窘境
派出第二大队党代表粟裕率连队随行担任警卫

送上 200 块银洋做经费

毛委员未收下大洋，只收下革命情谊

和粟裕的警卫连

撤出牛牯扑的毛委员来到永定合溪

离我家乡不过 50 里的地方

我曾经多次走过伟人旧居的房屋

想象当年岁月中伟人的真实形象

我并不担心

穷困潦倒的形象会影响

他在我心中的高大

也并不担心

病魔把他打垮

我始终相信金丰大山的病痛

不过如一杯烈酒

喝过醉过，醒来会看见

阳光洒满大地

上杭有座临江楼

明代泛着青绿的城砖骄傲地挺立

据说400多年无人可破

"铜赣州，铁上杭"的民谚里

流传的是一座城池的自豪

阻挡的却是大刀长矛和

汹涌的民意

这座闽西最后的堡垒

是红四军最难啃的硬骨头

地方武装崩了牙也没能进城半步

8 月 19 日，8 月 27 日
两次兵临城下却不得不
望城兴叹，枪林弹雨未能
震撼高高的古城墙

朱德军长亲自坐镇指挥
志在必得的红军第三次攻打上杭城
战幕在秋风瘦水中悄悄拉开
江边浣衣的女子依然
早起的船工扯开嗓子开始一天的忙碌
部队在紧锣密鼓地暗中部署
地下党员在城内随时接应
里应外合天衣无缝
又是一个明月夜，月亮微笑着
等待一场精彩的演出
东门潭头的江面上，依旧是

☆

落雪的和声
——古田，1929

洗澡洗衣的敌兵

城墙上方是例行公事的哨兵

朱德站在城墙外马蹄形的山冈上

站成月色下坚定的青松

不动声色地排兵布阵

城外的迫击炮轰炸着城门

城内的灯火被瞬间切断电源

光着身子的敌兵乱窜进黑暗的草丛

地下党员将大炮导火线浇上盐水

大炮尴尬地成了摆设

勇敢的红军声东击西打得

敌人晕头转向，坚固的城墙

像堵满洪水的大坝随时管涌

月光下的演出，热闹都是红军的

留给敌人的舞台只有鸡飞狗跳

仓皇逃窜。可怜的卢新铭

抛弃漂亮的夫人

踏上一叶扁舟

顺流而下

"四面青山三面水，一城如画夕阳中"

红旗插在东南西北的城墙上

神采飞扬的红军将城砖踩得铮铮作响

盛大的祝捷大会像赶庙会一般

衙门前的大广场上水泄不通

在临时搭建的舞台上

朱德军长喊着嗓子演讲，号召

打土豪分田地，烧掉田赋契约，从此

当家做主做新人！

四川普通话鼓动着全城百姓

欢声雷动，把 9 月 20 日钉进

☆

落雪的和声
——古田，1929

千年古邑的历史木纹里

最美的城，最激烈的战斗

守着喜悦无人分享

灯火阑珊后是无言的

寂寞与疲惫

朱德军长倚着城墙望着汀江

不断有百姓来看红军，看朱毛红军

朱毛朱毛，如今却

有朱无毛

朱军长抬头望月，要将一腔心事托付

茫茫金丰大山

没有森林没有村庄

只有生死相依的战友

一封以红四军前委名义送出的书信

飞快抵达金丰大山

连续两封信都未能请他回来

他在意气用事，他在发小孩般的脾气

还说自己生病无法参会

朱德军长只得继续扮演大家长

在大忠庙召开红四军党的第八次代表大会

专门讨论红军法规的问题

宽厚的朱军长决定发挥充分民主

自下而上听取普遍意见

庄严的会议在众人喧嚣的争论中

犹如一群背道而驰的战马

整整三天未能形成决议，只能将无限的逗号

变成草率的句号

朱军长想起湖雷会议、早康会议，还有

龙岩"七大"会议上

他有些刺耳的话，那些强调

集中下民主的言论

如今想来是多么重要的法则

懊悔醒悟来得太迟，于是迅速再次

修书一封言辞恳切

请他出山

他终于坐着担架来到上杭城

缓缓起身，下来

住进崭新的江边小洋楼临江楼

他站立在二层走廊，看着

碧波荡漾的江水，江边

有巨榕、城墙和阳明门

构成一幅美丽的杭川秋景图

他知道这用心的安排出自谁的手

他知道自己心里潜伏的情绪

当朱德快步踏上临江楼的楼梯

他热切的目光立即投射过去

两人的双手紧紧握在一起，像一年前
在井冈山会师的那次握手
他真病了，瘦得像一张薄纸
朱德的眼眶潮湿，说：
对不起，没想到你病得这么重！

清风吹拂着江边的秋菊
一刹那盛开在毛委员的心里
他没有想到会在这里度过重阳佳节
万般思绪化作千古绝唱《采桑子·重阳》：
人生易老天难老，
岁岁重阳。
今又重阳，
战地黄花分外香。
一年一度秋风劲，
不似春光。

☆

胜似春光，

寥廓江天万里霜。

东江不是一条江

广东东江，作为珠江的一条支流

它毫不张扬静静流淌

守护两岸人家

东江人民和地理意义上的东江地区

在母亲河的滋养下，成长为

勇敢的战士

第一个农村革命根据地海陆丰

闻名于世的东江游击队

南方地下交通线上的英雄……

☆

落雪的和声
——古田，1929

在 1929 年的秋天
东江的勇士们正顽强地拼搏，如地下的熔岩
正待喷发出炽热的火光

上杭临江楼，毛委员的病情得到控制
金鸡纳霜丸和炖鸡、炆牛肉
成为治疗的特效药
在我看来，让特效药真正发挥作用
是朱德军长的问候与坦诚
正是战友间的坦荡无私、真诚关心
才使幼稚的红四军能够在
每一次关键时刻转危为安，并且
发展壮大
朱德详细向他汇报七月分兵的战果
他们伏在小小的椭圆形饭桌上
对着简单的手绘地图

认真总结着经验与教训

时而开怀大笑，时而眉头紧锁

打下卢新铭，闽西红色区域基本形成

临江楼上的毛泽东脑海中

浮现出青春雄师纵横闽西的胜利画卷——

红旗跃过汀江，直下龙岩上杭。

收拾金瓯一片，分田分地真忙。

胜利似乎一夜到来

从井冈山到赣南到闽西

战局扭转，总有一股往外发展的冲动

党中央指示、省委要求

朱德准备进军东江

毛泽东忧心忡忡，他认为：

梅县是东江重镇，广东的咽喉之地

敌人必然拼命防守，切不可硬拼硬打！

☆

落雪的和声
——古田，1929

1929 年红四军驰骋的疆场，处于

闽粤赣的边沿地带

赣粤军阀强，闽西敌弱

四军始终在夹缝中寻找战机

毛泽东深知，革命的中心在闽西

出击闽中、东江是一步险棋

必须把握时机谨慎行事

临江楼上朱毛再次握手话别

红四军从上杭城西门出发跨过驷马桥

满怀信心向东江奔赴

又是一条熟悉的道路。同样是秋天

同样是出发时欢声笑语的部队

两年前的南昌起义部队

就此踏上惨败之路

朱德军长深知广东"南霸王"的厉害

深刻告诫官兵

老虎头上拔毛，弄不好

反惹一身骚

老战友刘安恭也走过同样的路

他没有走上井冈山，走向遥远的莫斯科

接受系统的军事训练

他没有因免职而消沉，而是踌躇满志

带领二纵队向大埔青溪镇方向出发

这是三河坝的附近，当年的

枪炮声尚在

战斗再一次拉响，石下坝

强强相遇，顷刻间不分胜负

冲锋的勇士一个个倒下

没有人胆怯，没有人临阵脱逃

当突出重围，我们勇敢的指挥官刘安恭

已倒在血泊中

悲壮的序幕在血色黄昏中拉开

松源堡，自古兵家必争之地

红一纵队率先抵达

打响松源战斗的第一枪，将敌人

瓮中捉鳖

随即各纵队如期集结

6000多人的队伍汇入东江

与东江党组织打响着一场场硬仗

我曾经沿着红四军的足迹踏寻东江地区

像个指挥官站立在松源的制高点

想象红四军的雄姿

给予百姓多少胜利的信心

从松源到蕉岭到梅县到梅城

战斗越来越激烈伤亡越来越大

那些刚编入的俘虏，早已害怕枪声炮响

在东江地区作鸟兽散

朱德军长面对严峻形势，想起

临江楼毛委员的提醒

毅然决定队伍撤离东江

回师赣南闽西

东江水啊东江水，红军还未

望见的那江水

已经听见激烈的战斗勇敢的冲锋

红色火种一旦点燃

必定更加持久

在 1929 年的时光里

幸运之神似乎只眷顾闽西热土

从上杭撤出的毛委员

骑着白马到达苏家坡闽西特委所在地

☆

落雪的和声
——古田，1929

他康复着身体，也力图康复着红军的力量

东江的消息不断传来

他的纸烟消耗得越多，似乎要将

阔大的圳背岩洞熏黑

战士的诗篇之三·日记

粗糙的玉扣纸叠起，装订成

我人生的第一本日记

说日记不准确，有时它是周记

有时是月记

在战火停歇的时刻，在无人诉说的山野

纸和笔便是亲密的战友

没有硝烟和血腥味

没有死亡的追赶

文字更能够进入我的灵魂

更能让我飘飞

1929 年 6 月 17 日傍晚，古田

太阳挂在山头，月亮已经爬上树梢

夏天的热浪在红军中蔓延

夜晚也不能消除

它已侵入我们的心里

《前委通讯》第 3 期的朱毛两封信

像一团火球，在阳光下迅速升温

官兵们争得面红耳赤

谁也说服不了谁

朱军长在三河坝杀出一条血路

带领我们上井冈山

他和战士们称兄道弟

没有一丝架子

在百里井冈，毛委员亲手创建了革命根据地

154

没有他，就没有南昌起义部队安身之地

更没有红四军辉煌的今天

他列举的 14 条表现，我看了一遍又一遍

条条戳在我心上

四军正需要这样正视自己错误的勇气

正需要带领大家克服困难和缺点的领导者

井冈山上的胜利会师

我目睹朱毛发自内心的微笑

红旗穿透井冈山浓郁的绿色

让它成为中国版图中最鲜艳的部分

如今，红四军已经成为红色河流

从井冈山流向赣南，流向闽西

流成一道不可抗拒的洪流

但是河流中的泥沙玷污着清洁的水

只有过滤那些泥沙，才能拥有

落雪的和声
——古田，1929

一条干净的河流

让官长放下挥舞的皮鞭

让士兵不再见到浮财两眼放光

让官兵不再抱怨乡村的穷苦日子

让约束成为我们的良好习惯

我希望争论是一个自我清洁的过程

水清河阔才会让红军

更加强大

1929 年 8 月 30 日晚，漳平县城

又一座县城被我们攻下

再一次住进土豪劣绅的豪宅

战士们好奇地抚摸着厚实的红木家具

美美地躺在太师椅上，不愿起来

"还是城市好啊"

谁都知道城市好，可是城市

还不是我们的家

汀州、龙岩、永定、宁洋……

我们像猴子偷西瓜，抱一个丢一个

红军力量太弱，只有农村

才是我们安身之地

朱毛首长这样教导我们

可是享乐的思想总像毛毛虫爬到心坎

不时挠着官兵们敏感的神经

想起毛委员的分析

恰恰击中了自己思想的软肋

1929 年 10 月 1 日晨，上杭县城

古老的城墙站立在江边

没有攻城时的威严

也没有刚入城时的沉重

红旗在它上面飘扬，像对着汀江舞蹈

☆
落雪的和声
　　　　——古田，1929

青年学生在散发传单

带领孩子们唱起革命歌谣

一种新鲜的感觉重新升起，如果可以选择

我愿意进入学堂捧起书本

做一名爱学习的好学生

做一个用知识去报效国家的青年

只是，战争将我们带入

另一种人生

从未设想过的革命人生

"八大"刚开完，并没有

传来什么好消息

大忠庙的大厅里济济一堂

我守护着会场，听到

一声声争论传出，隐隐约约时高时低

似乎谁也说服不了谁

据说这是实行自下而上的民主

充分尊重大家的意见建议

三天的会议，我看到代表们

从高兴到沮丧的神情

我想起毛委员提到的"极端民主化"

似乎明白了什么

1929 年 11 月 1 日，回师赣南途中

命运变化无常，我竟被

另一种情绪牵引

我们的部队一旦离开闽西

失败马上如影随形

出击闽中、出击东江

我亲眼看见战士们倒在强攻的路上

看见指战员束手无策下令撤退

没有群众基础的战斗

就像瞎子摸象，一不小心
钻进敌人的圈套。幸好
官兵们都在传递着振奋的消息——
毛委员就要回来了

冬雪与古田

九月来信

高铁时代从龙岩到达上海只需 6 个小时

1929 年的陈毅从龙岩到厦门到香港到上海

走了整整 26 天

两年来第一次离开山区

重新见识城市的繁华与陷阱

面对海上风高浪急还有叛徒赵宝善的跟踪

国民党上海警备区政治部主任陈孟熙

机智"绑票"胞弟陈毅

将他毫发无损送到党中央

☆

落雪的和声
——古田，1929

这是亲情最为复杂的咏叹，也是

战争最为诡异的变数

在被称为党中央的普通民宅里

陈毅放松紧张的心情，尽情呼吸

室内散发的新鲜空气

他知道自由的空气不过一室几丈

楼下、里弄，还有长长的街道

仍然是纸醉金迷的天地

周恩来、李立三紧紧地握着他的手

像握住充满希望的未来

周恩来告诉他，红四军的经验向全国推广

对各个根据地具有示范作用

他大吃一惊，没想到

吵吵闹闹的红四军原来

创造出了那么多宝贵经验

原来红四军的道路竟是走着一条

充满胜利的革命道路

诗人气质的陈毅总结着自己的震撼：

"不上高山难见平地。"

他一口气写下五个报告：

《关于朱德、毛泽东军的历史及其状况的报告》

《关于朱毛红军的党务概况报告》

《关于朱、毛争论问题的报告》

《关于赣南、闽西、粤东江农运及党的发展
　　情况的报告》

《前委对中央提出的意见——对全国军事运
　　动的意见及四军本身问题》

系统全面地汇报红四军的情况

党中央得到最为准确的红四军情况

他们面对鲜活的革命实践

★

落雪的和声
——古田，1929

如饮甘泉如饮好酒

久久舍不得放下，舍不得失去

一支有灵魂有血性的革命队伍

他们决心和朱毛红军一道

从直面问题入手

铸成热血雄师的军队样板

面对比自己大三岁的好兄长

陈毅心悦诚服，倾听

周恩来的谈心交心——

"军队只能集权，才能行动敏捷，

步调一致，便于行军作战。

你们①去年湘南失败，

就和放任群众自由讨论有关。"

周恩来坚定地支持毛泽东，他说

---

① 指朱德、陈毅。

166

实践证明毛泽东那一套是对的，

军队只能集权，才能

夺取胜利

同一时间，红四军"八大"正在

大忠庙的厅堂里争论不休

成为放任自由讨论的最好例证

在上海昏暗的灯光下

周恩来与陈毅促膝谈心

仿佛回到法兰西的青春岁月

在异乡的土地上，他们怀着赤子之心

为建一个强大的祖国振臂高呼

四处奔走寻找秘方

如今再次为革命的前途相逢

他们很快取得共识——

全力支持毛泽东，支持

落雪的和声
——古田，1929

中国革命正确的方向

周恩来，这位了不起的革命家

左边是自己介绍入党的朱德

右边是不甚相熟的毛泽东

他坚定地说——

"一个党、一支军队需要有一个核心人物，

红四军中毛泽东是最好的人选。"

一锤定音，犹如如来神掌

拨开云雾见到了青天

陈毅铭记终生

铭记终生的，还有

周恩来特别肯定的红四军做法：

权力集中于前委

通过军部指挥军事

通过政治部指挥政府工作

红军不仅要打仗，而且要成为

党的宣传队、群众工作队

陈毅知道这些都来自毛泽东的创造

一个深入中国乡村的创造

果然，党指挥枪、民主集中制、群众路线……

一个个专有名词固定下来，成为

中国共产党的胜利法宝

周恩来、李立三和陈毅的交谈讨论

以及中央会议精神

在陈毅脑海中形成新的认识

根据中央要求

他执笔起草、周恩来亲自修改审定

《中共中央给红军第四军前委的指示信》

时间定格在 1929 年 9 月 28 日

这封定海神针般的指示信，被称为九月来信

与后来彪炳史册的古田会议

一道流芳百世

它是四个伟人革命友谊的见证

也是开启四星闪耀的

第一道光芒

汀州古城的握手

春风还停留在辛耕别墅的院落

冬日的暖阳已将光滑的石板路照亮

行军的脚步铿锵有力

熟悉的古城再一次敞开怀抱

唐城宋墙之上尽是红色的旗帜

千年的时间川流里

远离皇权的南方州府总有

传奇的故事轮番上演

☆

落雪的和声
——古田，1929

名垂青史的文天祥来过

在元军抵达之前将厚重的城门关上

在他感叹"江城今夜客，惨淡飞云汀"的时候

叛将已将城门轻轻打开

试图挽大厦于将倾的

隆武帝朱聿键来过，尚未

喘口气城门再次被打开

出师未捷身先死，只留下

明末的最后一缕正气

这是汀州，南方古城的雨巷中

总有英雄之气在飘荡

1929 年 11 月 26 日，辛耕别墅

飞檐翘角的精美门楼内

毛泽东走向早已等候多时的朱德

两双大手再次紧握在一起

朱、毛、陈三位领导自夏天一别

相聚已是繁霜满天的冬季

他们爽朗的笑声在宽敞的大厅荡漾

感染着依旧青翠的庭院

整个汀州、闽西

更是一片丰收之后的温润

秋收冬藏瓜熟蒂落

冬季之美在南方不是粗犷不是简单

仍旧是精细而内敛的生长

生长耐力生长一种

精气神

陈毅，背着包袱上路带着

"九月来信"满载而归

夹着大上海黄浦江的风

他自信而充满阳光

☆

落雪的和声

——古田，1929

轻盈的脚步恨不得飞回四军

在广东松源，红军的集结之地

暮色中的他被站岗的战士

五花大绑地送到一纵队司令

林彪前面

戏剧性地解除警报，重回

日思夜想的红军之家

他像一个获奖的孩子，迫切地要将

"九月来信"的精神传达

将党中央对毛泽东的评价

准确传达

上杭官庄

那个叫鹧鸪堂的地方

90 年前的 11 月 18 日

成了红四军前委的临时会场

在这个地方，陈毅传达

中央"九月来信"和

周恩来口头指示

前委委员心里燃起战斗的激情

扫除东江失利带来的阴霾

朱德军长站立着，第一个坚决执行

中央和周恩来的指示

"过去的那些我收回，我们请他回来！"

陈毅特别派人将"九月来信"

送给毛泽东，那个正在山洞读书的革命者

他还附上自己的亲笔信，一笔一画都透出真诚：

"七大"没有开好，我犯了错误，

中央认为你的领导是正确的，

四军同志盼你早日归队，

就任前委书记。这是

☆

落雪的和声
——古田，1929

中央的意思，也是

我和玉阶①以及前委的心意，

我们两个人都

要求你回来

……

小小的村落苏家坡

仿若四川天坑一样的小地方

因为毛泽东的到来

平生第一次受到隆重的注目礼

他协助闽西特委

举办政治军事干部训练班和

农民运动训练班，短短一个多月

小村里人头攒动、秩序井然

他喜欢和他们一起

---

① 玉阶为朱德的字。

176

上课、讨论问题，开展

调查研究。他手把手地培养出

能带兵打仗又能做群众工作的骨干

他创办平民小学，亲自给

学生们上课

在孩子们的思想里种下

第一粒种子

苏家坡的日子，像音乐中

舒缓的间奏部分

收到"九月来信"和陈毅的信笺

毛泽东夜不能寐

立马收拾行囊，急速前往

指定地点

他兴奋地向中央报告：

中央，我病已好。

11 月 26 日，偕福建省巡视员谢同志

从蛟洋到达长汀，

与四军会合，遵照中央指示，

在前委工作。

四军党内的团结，

在中央正确指导之下完全

不成问题，

陈毅同志一到，

中央的意思已完全达到。

……

温泉的锻造

新泉有三宝

溪鱼、豆腐、温泉澡

皆因奇特的水衍生出来

温泉中富含微量元素的矿物质

缓解疲劳有益健康

红四军的将士们未用茅台酒

泡脚的时候，新泉的温泉早已将他们

长途奔波的劳累抛向

九霄云外

1929 年的温泉欣喜若狂，暗想

一而再再而三来到新泉的红军

是否迷上了温润又热情的她

这是交通要道上的重镇

向左是汀州向右是龙岩州

沿着丰沛的河道可以走向遥远的南洋

便利带来商贸繁荣，富甲一方

新泉人不轻易表露自己的喜怒哀乐

却能轻易看出旅人的悲欢离合

红军的行色匆匆给他们

留下深刻的印象

而后人也慷慨地将红军

"三大纪律八项注意"的完善之地

奉送给了有温泉的新泉

"大便找厕所，洗澡避女人"

简单实用的规定，让组建初期的红军

找到纪律的尺子

川流不息的汀江做证

水东街的红军标语做证

红四军嘹亮的歌声可以做证

朱毛再次成为一个整体，正如

朱德军长所说：

朱毛朱毛，朱不离毛。

在红四军生死攸关的日子里，他们

以共产党员的坦诚与自觉

进行着认真的争论

他心悦诚服地告诉后人：

"我一生中有两位老师，

一位是护国军第一军司令蔡锷，

另一位是毛泽东。"

毛泽东重新站到革命的前台，主持

红四军前委工作

在汀州的前委扩大会议上，决定

进行政治军事整训，随后

召开红四军党的第九次代表大会

这是一次深思熟虑的决定

是争论之后集体智慧照亮未来

打出的组合拳

党中央的实际负责人周恩来

从红四军的曲折发展历程中感受到

毛泽东高度的革命自觉与超人的智慧

他手中的指挥棒越来越精准

在"九月来信"中准确指导红四军

胜利的方向

陈毅的上海之行，更是一次

思想的朝圣之旅

两个多月的学习训练，还有思考交流

让他的脑海柳暗花明，一片

豁然开朗

出击闽中和东江的连续失利

红四军"八大"无果而终

让朱德更加感到毛泽东的可贵

在漆黑的夜里，毛泽东从未停止

对革命前途命运的思索。在小小山村里，

努力寻找纠正党内错误思想的良方

他与闽西特委书记邓子恢

开心地谈心交流，问他：

领导者的任务究竟是什么？

邓子恢一时语塞

他胸有成竹地说：依我看来

落雪的和声
——古田，1929

领导者并没有什么了不起的本事，
他的任务就在于替群众
当传达员，把大多数群众的意见
传达到党委，党委加以总结
分析做出决定，然后
再传达到群众中去。
这段著名的苏家坡之问，就是
"从群众中来，到群众中去"的雏形
就是关于党的群众路线
重要的领导方法

在新泉水润的气候里
一场脱胎换骨的整训正在举行
毛泽东和陈毅主持政治整训
召开座谈会，展开面对面讨论
望云草室的厅堂温暖如春

风趣的湖南腔普通话

驱散着寒霜与阴雨

带给战士们思想的洗礼

朱德主持军事整训

举办基层干部训练班，制订出

红军的各种条例、法令

高高的山冈红旗招展

整齐划一的步伐，响亮的红歌口令

昭示着一支队伍即将

走向新的起点

望云草室的油灯

透出微弱却坚定的光芒

伏案疾书的革命者

开始他"九大"决议的写作

他的脑海中

☆

落雪的和声
——古田，1929

已经盛装足够的养料

与前进的动力

他的笔端有无数梦想

自由流淌

186

古田会议的篝火

一年中的最后日子

是岁月挂在枝头的总结会

也是中国革命红彤彤的表彰会

千帆过尽，沧海横流。1929 年

惊心动魄的日日夜夜，不是战争大片

不是狂轰滥炸

是一次次头脑风暴。我们的伟人

担任现代创新的祖师爷

实践，这本无字之书

☆

落雪的和声
——古田，1929

他们用脚步丈量，在争论中

明辨是非

从荒芜杂乱的大地上

走出一条

中国

道

路

红四军党的第九次代表大会

确定在上杭古田召开

无疑不是心血来潮的决定

也不是幸运之神的眷顾

状如玉碗的古田

从未被连绵的群山阻隔新鲜的空气

随时准备盛装思想的甘露

险峻的山峦如神兵守护

精心酝酿一坛客家香醇的好酒

一年三次古田行，山凹小镇

已做好全部准备

迎接即将到来的石破天惊的

理论宣言

松荫堂与中兴堂两两相对

我们可以想象当年

毛泽东在挥毫撰文之余

从居住的松荫堂二楼眺望司令部中兴堂

看见朱德站在中兴堂前的桅杆前

兴致勃勃地讲着革命故事

引来战士们的哄堂大笑

他的烟火燃烧着自己的思绪

幕幕往事从心头掠过

他常常是一个孤胆英雄

☆

落雪的和声
——古田，1929

在田埂般的人生小路上走着如风的快步

将同行远远甩在后面

在北京大学的图书馆里

他组织着湖南老乡远渡重洋

自己却返回长沙，醉心新民学会

来自历史的自觉像第六感官，使他

坚信解决问题的答案要在

生出问题的地方寻找

他甚至不愿浪费时间，向

时代潮流妥协

直接将想法一条条扔出去

扔向那些麻木的人群，那些习惯

唯唯诺诺的脑袋

他恨不得剪去他们

思想上的辫子，或者上前

190

扳直他们弯曲的身子

在革命惨淡的血泊中

在汉口"八七"紧急会议的房间里

他的声音响彻云霄——

"枪杆子里出政权"

他离经叛道的呐喊里隐藏着

对真理的忠实执行

在江西永新三湾的那个小村里

他决心改造溃散中的红军

"支部建在连上"成为核心举措

成功化解军队出现的思想危机

在古田,有一座独立的建筑正等待他的到来

前面是稻田后面是郁郁葱葱的丛林

传统的单层歇山四合院式建筑

落雪的和声
——古田，1929

比他年长 45 岁，中规中矩里

同样透露出不安分的因子

名为廖氏宗祠，又名万源祠，却

在变革中得风气之先

辛亥革命的浪潮席卷而来时

廖家的先进分子将它

设为古田第一座新式学校——和声小学

在坚硬的青石门框上镌刻一副对联：

"学术仿西欧开弟子新知识

文章宗北郭振先生旧家风"

横批是醒目的"北郭风清"

廖氏先祖北郭先生清名于世

古田廖氏后裔视野开阔

红旗飘扬的红色天空下，新式学校

再次改名为——曙光小学

如今，来自红色队伍的清风与曙光将很快

从这座不同凡响的宗祠出发
校正中国革命的航道

1929 年 12 月 28 日，上杭古田
瑞雪兆丰年。飘在古田的雪
晶莹剔透，快乐地寻找
丰饶的落脚之地
120 名代表齐聚曙光小学
篝火照亮着青春的脸庞，眼神里
流淌着向往和坚定
讲台上，那个挥舞着大手的演讲者
一二三四五六七八
抽丝剥茧丝丝入扣，分析红四军
党内存在的八种错误思想
提出解决问题的原则和办法
他掰着手指说：

★

落雪的和声
——古田，1929

"红军第四军的共产党内存在着

各种非无产阶级的思想，

这对于执行党的正确路线，妨碍极大。

若不彻底纠正，则中国伟大革命斗争

给予红军第四军的任务，是必然

担负不起来的。

……

中国的红军是一个

执行革命的政治任务的武装集团。

特别是现在，红军绝不是

单纯地打仗的，它除了

打仗消灭敌人军事力量之外，还要

负担宣传群众、组织群众、武装群众、帮助群众

建立革命政权以至于

建立共产党的组织等项

重大的任务。

……"

两万多字决议案

凝聚着对中国革命的独立思考

凝聚成思想建党、政治建军的思想之花

在吉祥的日子里，纷纷扬扬地飘进

全体官兵们的心里

飘进中国革命的历史里

凝聚成建党建军的纲领性文件

这是历史之手不经意间留下的经典之作

最清醒的还是那个伟大的亲历者

古田会议仅仅过去 8 天，毛泽东给中央的信中

这样写道：

"此一月的光阴易过，

红军在表面中在于政局没有惊人的斗争，

但于今后斗争，

却建立了基础。"

短短几句话

昭示着古田会议的深远意义

30 年后的 1960 年

中央军委的文件中第一次将

古田会议与永放光芒联系起来

从此"古田会议永放光芒"

穿越时光走向未来

往事总在串点成线中启示后人

因为古田会议

因为真理在斗争中清晰呈现

因为伟人在中国的土地上踏寻出

中国革命的新路

险象环生的公元 1929 年

成为马克思主义理论中国化的

重要元年

风展红旗

1930年的元旦在一片喜庆中到来

曙光小学的门前，石砌大坪

敲锣打鼓、山歌飞扬

盛大的军民联欢会拉开序幕

红军首长亲自上阵舞动红绸带

飞舞成古田山乡红彤彤的希望

雪飘的古田圣洁如初

官兵们的心情从未如此轻松

放下杂念，同心共进

☆

落雪的和声
——古田，1929

现在看来空话套话的语言

在革命之初却毫不矫揉造作

它是如此珍贵，如此

来之不易

从失败中总结教训，从争论中

向着真理的道路前进

就如雪后初晴

坦荡的天空和空旷的大地

傅柏翠最终没能参加古田会议

他以回家取衣的名义

缺席会议，并从此

远离红色革命的中心

蛟洋古田一山之隔

隔断的不是一次会议，更是

人生旅途的渐行渐远

直到两相对立

成为不可挽回的悲剧

我们无从得知他的真实意图

也无从得知他内心的灵魂

毛泽东一次次试图握住他的手

却最终只能化作略为遗憾的诗句——

"雪里行军无翠柏"

1930 年元旦的热闹不属于他

蛟洋文昌阁下，有一颗独特的头颅

以他专属的温情和固执

守望乱世中的

桃花源

喜庆中的寒风还是被吹进山凹

秘密决策在红四军高层快速形成

国民党三省军队再次

向闽西革命根据地"围剿"

红四军前委决定

离开闽西、巩固闽西，发展

赣南革命根据地

这又是一着漂亮的防守进攻

从井冈山时期的单纯防守或者进攻

到形成游击战术，继而

灵活运用

年轻的红四军在发展壮大中

不断成熟

1930 年 1 月 3 日，朱德军长率领

一、三、四纵队向江西进发

朔风凛冽中红旗独艳，浴火重生的部队

意气风发面貌一新

强调党领导下的新型人民军队

使官兵一致、军民一致和瓦解敌军的思想

更加具体化、系统化

一年多的艰辛探索，红军

真正走上独具特色的建军之路

走上一条通向胜利的道路

16 岁的古田青年马其昌

穿上宽大的红军服走进红军队伍

开始传奇的革命生涯

万里长征、浴血奋战，建设新中国

直至晚年，他再次回到故乡

守望圣地古田

前委书记毛泽东决定留下来，指挥

二纵队官兵阻击闽敌刘和鼎部

地点选择在龙岩小池

那个对于他刻骨铭心的小镇

落雪的和声
——古田，1929

赞生店的夜晚，无法参加攻打龙岩城决策的

月下孤影

是否决心在离开闽西之前

打一场胜仗为自己正名

他主动提出负责殿后

从古田出发翻越高高的彩眉岭

新年春风中的伟人壮志踌躇

一扫半年前的阴郁之气

积雪踩在脚下，寒风像刀子一样呼啸

他的胸中已是一团熊熊烈火

率领部队在小池将军庙附近埋伏

当刘和鼎的部队自投罗网

红军犹如猛虎下山

冲进敌群，毫无防备的敌军

被打得落花流水不堪一击

红军战士乘胜追击，敌人慌乱

顷刻间作鸟兽散

斗志昂扬的红军得胜回朝

古田一片胜利的欢呼

古田的夜早早就进入甜蜜的梦乡

协成店的灯光始终没有熄灭

胜利之夜，毛泽东时而思考时而疾书

因为林彪一封"红旗到底能扛多久"的发问

他陷入沉思，决心以回信的形式

告知广大官兵，向他们

宣传革命必胜的理念

"红军、游击队和红色区域的建立和发展，

是半殖民地中国在无产阶级领导之下

的农民斗争的最高形式"，"是促进

全国革命高潮的最重要因素"

☆

落雪的和声
——古田，1929

中国革命的高潮并不是海市蜃楼

"它是站在海岸遥望海中

已经看得见桅杆尖头了的一只航船，

它是立于高山之巅远看东方

已见光芒四射喷薄欲出的一轮朝日，

它是躁动于母腹中的

快要成熟了的一个婴儿。"

1月5日，寒夜中的通宵

国民党的三省"会剿"即将作鸟兽散

胜利的激情并没有停止他的思考

他在谋划更大的胜利，更长远的未来

他在油灯下书写

这段充满诗意和豪情的句子

成为对中国革命前途最好的表达

他以实践为师，将抽象的理论

204

结合中国革命实际

得出以农村为中心，建立农村革命根据地

再夺取城市政权的正确道路

这篇雄文，成为中国革命道路理论

基本形成的标志

成为中国工农红军走向

胜利的冲锋号

古田曙光，在这个黎明时分

从东方喷薄欲出

战士的诗篇之四·理想

我是一个理想主义者

在偏僻的家乡渴望山外的世界

在腐败的军队渴望逃出平庸的生活

在红军的队伍渴望不带任何私利的革命

从普通士兵到红军连长

红色闽西给予我成长的天地

我青春的梦想在革命的暴动中

裂变，分离，长大成

革命成功的信仰

我是不是一个革命者？

官兵是不是革命者？

对于这些，战士们是模糊的

我们参加革命工作，肯定是革命者

但长官可以随意打骂下级官兵

下级官兵又觉得自己成了长官的私有财产

革命在每个人的心中有着不同的诠释

如果不是古田会议

革命就会成为一个大问题

只有官兵一致平等待人

战士才会庄严地宣誓自己是

一名坚定的革命者

雪后初晴的日子，行军的队伍

将积雪踩成快乐的小调

焕然一新的不仅是外表，更是

☆

落雪的和声
——古田，1929

思想的洗礼

我不会忘记，有些贫农官兵

脸一阔就要千方百计穿上长衫马褂

还说要当富人

当人上人

在他们的心目中，革命

就是改朝换代

我不会忘记

有些官兵扯起红旗到处乱跑

大烧大杀大抢

大嫖大赌大吃大喝……

毛委员告诉我们：这是

典型的流寇主义的

游击政策。

八种错误思想的批判

成为一股集中的火力，射向

我们每个人阴暗的角落
脸上火辣辣，心里扑通通
对照反省检讨自己
战士们笑着说：这是照妖镜
一照就能让人露马脚

改变从新泉整训开始
统一于前委之下，进行着
严肃的政治考验
严格的纪律要求
杂音在慢慢消除，身体
变得更加健壮
像春天里花开的骨朵
拔节的春笋
一夜春风，万物苏醒
活力与希望骄傲地写在战士的脸上
偌大的温泉从小养成的放荡不羁

自"洗澡避女人"规定之后
露天的泳池开始男女有别
文明的法度在乡野
成为一种共识

冬雪是漂亮的，犹如春花是漂亮的
漂亮的还有那天的心情
当我走进暖流涌动的会场
成为红四军党的"九大"正式代表
第一次如此真切地听到
首长们娓娓而谈
革命武装、错误思想
群众路线、极端民主化……
新鲜的词汇像缕缕飘散的烟圈
环绕在我的脑海
像一粒种子，在心中生根发芽
长出像青松一样

挺拔的信念

生命必须用生命来保卫

热血必须用鲜血来换取

在战斗的疆场

我认识了战争的残酷

感受到革命的纯洁与希望

鼓舞着我不断向前

从不退缩，从不临阵脱逃

红旗风展，歌唱着每一个悲壮的胜利

记录下每一个走进队伍的战士

在战斗中我终于明白，只有

这样的队伍才能脱胎换骨

只有这样的队伍，才有

刮骨疗伤的勇气

信仰像长长的接力棒

☆

落雪的和声
——古田，1929

传递你传递我

传过高山，传过河流

传过每一个村庄和贫苦的人们

1930 年的春天已经

悄悄临近

山野的蜡梅在寒风中肆无忌惮地绽放

不管旋律不管章节

尽情打开心扉唱着迎春曲

一树雪花，描尽沧桑的过往

更预示春天里结下的

累累果实

再见了，古田

再见了，彩眉岭

再见了，闽西人民

我将和红旗向着远方的胜利

勇敢前行

尾 声

世纪回响

阔大的海洋，中国的航道

浩荡的船队直挂云帆乘风破浪

百年的老照片还遗落在船舱

年轻的水手已将航标擦亮

阳光，空气，大海，还有海鸥翔集

新世纪的光芒穿透云层

照在宽大潮湿的甲板

照在鲜艳的五星红旗上

☆
落雪的和声
——古田，1929

彩眉岭下，古老的会址依然青春焕发

像直立的红豆杉苍翠如斯

仿佛还是昨天，仿佛

还是那个大雪纷飞的日子

在你的面前，不断有人提及往事

像 90 年前的那场争论

你缄默其口，保持最初的姿态

历史总在脚印之后赞美之前

你早已掌握了青春永驻的秘诀

2014 年的秋天，上杭古田

85 年后的红色圣地

又一次站立在世人面前

向世界传递强军兴军的铮铮誓言

在古田会议纪念馆里，那句话至今回响——

我们再次来到这里，目的是寻根溯源

深入思考当初是从哪里出发的
为什么出发的
三年之后，在北京的人民大会堂
"不忘初心，牢记使命"成为最醒目的宣言
成为中国共产党人最庄严的承诺

道法一红线，治军两古田
85年的回望，85年的坚守
一个政党用她坚定的步伐告诉人民
告诉好奇又怀疑的世界——
奇迹不是天工造化，胜利不是一朝一夕
那些曾经走过的路那些曾经蹚过的水
那些刻在教科书里的血泪与辉煌
都化作满天星空守护平安
今天，她要再次出发
向人类前行的远方出发

☆

落雪的和声
——古田，1929

人们一遍遍地来到古田

来到这个普通的山凹小镇，希望找到

面对生活的力量之源

我不想重复那些被人用滥的格言，比如——

走自己的路，让别人去说吧

也不想重复那些被人玩坏的成语，比如——

凤凰涅槃，浴火重生

只想大声说：

这里是古田，不是莫斯科，不是法国

不是任何一个地方！

我只是我，你就是你，只有这样

才能种下希望，走出我们的

胜利之路

南方的稻谷在秋天里收成

堆成的稻草化作来年的养料

四季轮回，大自然告诉我们最普通的法则

在古田，只要你躬下身子

也能发现这样的真理

古田会址前的黑土上，留着

90 年前坚实的脚印

他的年轮里，藏着

一个政党走向胜利的奥秘

历史的经验不是来自书本，而是来自

广袤的大地，来自泥土的清香

那一年，我穿过蔚蓝的天空

到达遵义到达延安到达西柏坡和首都北京

俯瞰天空下的红色足迹

早已被五彩斑斓的现代建筑掩盖

红色理想正一步步变成缤纷的现实

我怕自己忘记你们

忘记那些苦涩的笑容长茧的双手

我怕我的孩子们不相信

不相信那些充满血泪与力量的过往

我写下你们，我的先辈

我的父老乡亲

回首百年，从乡村出发的队伍

在阳光下化蛹成蝶自由飞翔

协成店的油灯从不熄灭

万字宣言力透纸背

在时间的淘洗中焕发出璀璨光芒

信仰缔造的一个个传奇

必将在新的世纪永续传承

创造之手垒起城市的高楼大厦

信仰之光继续照亮世道人心

尾声

中国出海，联通世界

世纪的回声在海浪中激荡

时代的呼唤开启更为广阔的征程

百年前世界唤醒了我们

百年后我们去唤醒沉睡的土地

"一带一路"像丝绸串起幸福的驼铃

像巨大的船队载满精美的陶瓷

传承与创新驱动中国巨轮

在世界文明的海洋中展示东方之美

在迎接未来的挑战中体现中国智慧

东方的曙光升起在海平面

祥和的金光照耀大海

照耀每一朵闪烁的浪花

2019 年 7 月 1 日　上杭初稿

2019 年 11 月 16 日　古田定稿

附录

长诗《落雪的和声——古田，1929》
作品研讨会发言摘要

编者按： 2020 年 1 月 13 日，由福建省作家协会、海峡文艺出版社、福建省文学院、福建省文艺评论家协会等单位联合主办的长诗《落雪的和声——古田，1929》（以下简称《落雪的和声》）作品研讨会在福州召开。福建省文联党组成员、书记处书记、副主席、省作协主席陈毅达，海峡出版发行集团党委委员、副总经理林彬出席研讨会，朱谷忠、傅柒生、袁勇麟、余岱宗等 20 余位学者、评论家、作家参会研讨。研讨会由海峡文艺出版社社长、总编辑林玉平，福建省作家协会副主席兼秘书长林秀美分别主持。大家着重对长诗的思想价值与艺术特色展开研讨，对作者敢于驾驭重大题材的艺术勇气和探索精神表示肯定，认为作者李迎春将历史事件转化成文学语言时，将政治激

情与个人表达相融合，昂扬的基调弥漫在字里行间，实现了真实与想象、史实与诗意的巧妙融合。这部长诗被认为是"福建省文学界近 20 年来的新收获，是福建诗坛创作的独特景观"。现摘要如下：

体现了文艺创作紧跟时代、反映时代的新命题

林彬（海峡出版发行集团党委委员、副总经理）：《落雪的和声》是海峡文艺出版社"大写新时代"优秀原创精品之一，获得 2020 年度福建省文艺发展基金支持。它的出版是 2019 年一个非常难得的收获，祝贺出版社、祝贺作者。

《落雪的和声》特别突出的一点是结构非常精巧，匠心独运。比如在章节的设置上，以"春水与汀州""夏风与龙岩""秋菊与上杭""冬雪与古田"为题，把春水、夏风、秋菊、冬雪四季的意象和汀州、龙岩、上杭、古田四地联系起来，在时空上实现从古到今、从大到小的贯穿与连接。又如"战士的诗篇"在四章里面都有，从而增加了叙事视角的丰富性，使长诗的结构更加富有变化。

☆
落雪的和声
——古田，1929

陈毅达（福建省文联党组成员、书记处书记、副主席、省作协主席）：首先要祝贺迎春同志创作出这部关于重大主题的长诗。其次感谢出版社有远见地组织选题、精心地推出图书。

这次作品研讨会开得恰逢其时。2019 年是新中国成立 70 周年，古田会议召开 90 周年，古田全军政治工作会议召开 5 周年，很有历史纪念意义。前段时间，中国作协在北京召开了以"新时代诗歌"为主题的全国诗歌座谈会，其中的议题涉及"新时代语境下的长诗现象"。这部作品的组织与出版体现了我们的导向意识，表达了我们的立场态度。举办这次作品研讨会彰显了我们的引领作用。

诗歌创作是福建文艺界的强项，闽派诗歌曾经在改革开放初期有过辉煌。我们还需要前行，努力向高峰攀登。闽派诗歌在新时代的提升与跨越不仅仅要有情怀与追求，而且要对重要事件、重大事件、时代命题有非常强有力的或者丰富的表达能力。我觉得这部作品非常大胆，敢把古田会议——在中国建军史上非常重要、在党史上非常重要的历史事件，以长诗的方式来进行抒写。这是福建省文学界近 20 年来的新收获，是福建诗坛创作的独特景观。作者的勇气、出版社的实践回答了文艺创作紧跟时代、反映时代的命题。

我希望在这两年我省文学界会涌现出更多的反映时代气象的优秀作品。今天举办这场作品研讨会，就是发出我们响亮的号召，希望借此引领作家更好地抒写新时代，更好地致敬重大历史事件。

傅柒生（作家，古田会议精神研究专家，福建省文物局局长）：1929 年，在闽西古田的一个村庄召开了古田会议；85 年后，在同一个地方，召开了全军政治工作会议。这两个事件在同一个小山村发生，很值得解读与认识。古田会议是我党我军历史上的一座光辉里程碑。用文艺抒写伟大的历史事件、有重要意义的题材，体现了我们文艺工作者的责任与担当。近年来，在中央电视台热播的电视剧《绝境铸剑》、电影《古田军号》，都是反映古田会议这一伟大历史事件的优秀作品。用文学的形式抒写古田会议的作品，数量不少，以长诗的形式抒写古田会议的作品却绝无仅有。《落雪的和声》在古田会议召开 90 周年的特殊时间节点来呼应来和声，特别值得祝贺！

　　生长在这片土地上的迎春同志对古田会议的历史有研究有思考，对古田会议有感情有认识。他把自己的思考和对古田红色土地的情怀，用自己独有的方式表达出来，形成三千行长诗，令人刮目相看，也值得祝贺！

　　以诗写古田会议，非常有挑战。古田会议跟我党我军历史上的其他事件不一样，它不仅仅是历史事件，所体现的意义凝结在高层次的理论成果上。这一理论成果即用无产阶级思想改造和克服各种非无产阶级思想，也就是现在所概括的"思想建党、政治建军"原则。迎春同志敢于尝试，用长诗来抒写这个重大的历史事件，体现出了一种探索精神。同时，长诗的体裁形式和容量足以承载重大历史事件，表达古田会议的重大理论成果，又在表达方式上具备灵活性。可以肯定的是，通过长诗的形式抒写古田会议这一史实，有其探索意义，也有其现实意义，还体现出未来的指向意义。

　　迎春同志的三千行长诗就通过大体量、大容量的形式，而且用比较诗意而又灵动的手法把各种事件、各种成果、各种意义串联在一起全面表达。从时间与事件的层面上看，是将古田会议前前后后一整年的历史——1928 年 1 月 4 日从井冈山下山到 1930 年 1 月 5 日毛泽东提出"星星之火，可以燎原"的论断，以春夏秋冬四季的风景、四季的声音、四季的旋律把事件串成一体，从而展示古田会议召开的历史背景，体现古田会议的重大意义。从这个意义上说，这是一部比较成功的作品。

长诗中有很多关于创作的普遍性问题值得探讨，比如如何处理好虚与实、大与小之间的关系。

一部有筋骨、有温度的作品

朱谷忠（福建省作协顾问）：对作家来说，特别是对诗人来说，闽西无疑是一个充满了丰富创作资源的地方。这些天我读了迎春创作的长诗《落雪的和声》，平心而论，我深感这是一部反映闽西红色岁月的有筋骨、有温度的作品。我之所以这么说，是因为我从这部作品中真切地感受到作家笔下有一种穿透历

史时光和心灵的诗意。这种诗意，既是从当年革命斗
争壮阔历程中升腾出来的，也是作者穿越时空、从心
底散发出来的。因而它是昂扬的、深层的、温暖的，
这也使得作品带给我们一种闽西特有的气质和韵味。

运用长诗的形式反映闽西几十年风雨兼程、艰苦
卓绝的斗争，在我的印象里这是第一次。诗中出现了
一个个光辉人物，比如毛泽东、朱德、周恩来等，他
们的形象都一一跃然纸上。这种逼真得几乎可以触摸
的历史画面，也是我第一次在诗歌中看到的。由此，
我很钦佩作者的勇气、能力和智慧。其间，一个个风
雨交加的历史节点、一段段令人震颤的光辉记忆、一
个个扣人心弦的传奇故事，穿插着诗人当下不尽的感
触，也让我读得有些心潮难平。更可贵的是，长诗中
甚至没回避当年发生在领导人之间的矛盾与斗争，而
是以历史的名义歌颂了正确路线获得主导地位的曲折
性，赞颂了人民群众投身革命、英勇牺牲的大无畏精
神，全景式地展示了中国革命斗争时期的波澜壮阔，
因此给我留下很深的印象。

红色岁月中蕴藏着无比丰富的创作源泉。李迎春

这部以历史与现实时而交错、叙事与抒情互为融合的作品，有力地拓展了红色题材的写作格局，丰富了革命斗争历史写作实践的维度和可能性。

感觉不足的是，长诗的文字稍微平直，诗味不够浓厚，特别是诗中似乎还没有出现我期待的一些华彩乐章。

陈舒劫（福建社会科学院文学研究所所长，研究员）：这首诗的诗眼应该是"和声"这个词。和声，大家都知道是音乐学上的一个术语，指各种声部之间相互组合，形成一种很协调的整体。我觉得这部长诗的和声至少有四种关系。

第一组关系是对外的军事斗争和革命队伍内部的分歧。长诗写这些分歧的产生、演变，以及如何克服它。第二组关系是革命战争环境和当代建设场景的交汇融合。长诗一开始就提到了两个词，给我留下很深的印象，一个是"指路牌"，还有一个是"导航仪"。指路牌跟导航仪既有强烈的当下现实生活的感觉，同时它也是党和红军当年苦苦寻找革命方向的一种象征。我觉得这两个词很有代入感。第三组关系是人民领袖的思索抉择与普通战士的情感认同。我觉得这个关系充分展现了一种大情怀、大判断和一种小感动、个人体验之间的融汇。这一组关系的把握也是非常不容易的。第四组关系其实刚才有的老师也说到了，不同时空的革命力量之间的相互呼应。比如闽西组织和上海党组织之间的呼应，还有闽西革命经验和苏联革命指示的碰撞，等等。

我觉得这四组不同的关系最终都落到一个主旋律上，并将"我们""你们""他们"等融为一体。这也是长诗很感动人的地方。如"他们可能是我的叔公，我的婆太/我的亲戚中的某一个……他们的名字总被'他们'两字代替"。这就体现了我们现在跟我们的革命者、当年的革命者之间血脉的联系。又如"红色理想正一步步变成缤纷的现实/我怕自己忘记你们/忘记那些苦涩的笑容长茧的双手/我怕我的孩子们不相信"，等等。

余岱宗（福建省作协副主席、福建师范大学文学院教授）：迎春写了一部很有分量的作品，这部作品既是对历史的一个很好回顾，同时也是艺术上的一次崭新尝试。读这部长诗让我们感觉到一种沉甸甸的历史的力量，让我们重新回到了历史现场，体验重要历史人物的心志与动机。诗人把握得非常好的一点是，他既能从今天的角度，对历史事件做评价，同时也能够回到当时那种紧张的历史现场，对历史现场当中某个人物的处境展开思考。作者将各个历史人物政治命运进行了揭示。比如它既写闽西，同时又从世界的眼光来看待闽西的革命历史事件。

迎春是一个成熟的诗人，善于运用诗歌的抒情、诗歌的想象，来调动重大历史事件中不同历史时空的各个要素。长诗聚焦 1929 年古田会议，却又能艺术地发现历史的偶然性与历史的必然性。这恰恰是诗歌的想象力与创造力的体现，颇能考验诗人的能力。

这首诗歌的创造力得到了比较大的发挥，但是发挥得还不够。发挥不够的地方就表现在，各个性质不一样的历史现场如何更合理地汇集在一起；更高的、更具有穿透力的概括性语句还比较少。诗人的想象还可以更大胆一些，概括还可以更具有历史哲理性一些。我觉得如果对长诗进一步深化，一个突破口是对历史看法的再提炼。

张应辉（福建省文学院院长、福建省文艺评论家协会主席）：长诗写古田会议，在这种规定性的写作当中，它的难度非常大。一是它的主题意义所带来的限制性，包括史实、会议召开的特定年代，以及整个诗情的基调。好在迎春他是土生土长的闽西人，他长期积累的一些东西在这部长诗中体现出来了。对于这种规定性的写作，我觉得这部长诗基本上达到了一定水平，取得了一定的成功。二是这部长诗在写作的过程中还有一个难点——书写对象的选择。尽管是1929年的一个历史事件，它里面还有很多小事件，所以事件的选择直接影响诗人创作脉络的逻辑性建构。这部长诗在框架结构上确实做得非常好，从而把握好节奏的起与落。还有一个难点就是叙事与抒情的张力分布。政治抒情诗必须有抒情，而长诗则需要叙事作为骨架。这需要考验作者的功力。如果从头到尾要用带有情感的诗意的语言，就很容易造成语词和意象的重复。应该说迎春在创作中实际上是尽量在避免这样一个情况。迎春还要处理的一个难题是，特定时空的延伸。1929 年这一节点跟整个革命历史年代的关联，还有会议发生地——古田跟井冈山、上海等全国各地的革命空间的关联，这些部分需要把握好时空的跳跃与联系。但是总体看来他的这部诗歌不像影视作品采用瞬时叙事的手法，而是灵活地使用诗歌的跳跃性与想象方式进行抒写。他用高明的艺术手段突破了写作的难题。

值得一提的是，迎春在长诗中植入了乡土情怀。迎春是闽西本土作家，他对红土地的热爱，形成了他的一种诗人气质。虽然他性格内敛、深沉，但他的情感饱满，加上对这一段史实的娴熟，使得诗歌写起来得心应手，显示出深度来。

冷抒情就是忠实于历史本真

郭志杰（福建省文联文艺理论研究所原所长、评论家）：我对迎春比较熟悉，他很早就写诗歌，他的创作才能是多方面的。我也看过他的文章，印象都很深，他的思路非常活跃，十分期待他有更多的文艺作品出现。一个作家找到一个途径找到一个方向，实际上成功了一半。

长诗特别难驾驭，迎春这部长诗能写出来非常不容易。这部长诗的整个结构安排得非常好。长诗写的是闽西革命史，它分为四个部分，以春夏秋冬把四个地域的革命历程表达出来。与此同时，诗人独具匠心地设置了"战士的诗篇"这一节，把革命历史串联起来，形成了一个前后呼应的整体。这是一种独特的设计，我觉得作者在整理素材的时候形成了一种创造性的架构。作者在使用历史的视角的时候，也多了一层战士的视角，这种对历史的审视使他的视角更多方面，层次也更加丰富。

《落雪的和声》这样的作品往往被叫作政治抒情诗，我更倾向于把它叫作政治报告诗。在以往的概念当中，诗的抒情性构成其显著特征：在叙述当中往往抓住事件和过程中的某个重要节点，予以抒情性的表述。但是这样的表述往往淡化了细节，淡化了现场感，凸显出主观感觉。因而如何将政治抒情诗的真实性和抒情性之间的关系处理好、掌握好尤为重要。在这一方面《落雪的和声》做了一些有益的尝试。在这

部长诗中，诗的纪实功能、历史记录功能并未丧失，并以较清晰的形态呈现出来。它采用一种冷抒情的方式——当个人的情感介入，诗进入抒情的阶段的时候，仍然以冷静的客观的面目呈现，总体上看，给人一种忠实于历史本真的感觉。我们细细斟酌就会发现，那种抒情，那种主观的界定，是内敛的，融入真实的构成之中，成为真实的一部分。如"他们从来都是普通人，从来没有进入过正史……他们的名字总被'他们'两字代替/但是他们都曾沐浴于过胜利带来的荣光"，我觉得这里看上去很冷静，但实际上包含了深情，包含了对普通人的一种认知。

当作家进入历史深部的时候，秉持着忠实于历史本身的立场，即使有着主观性的感受，这个感受仍然有机融入场景之中，形成与历史一体的自然形态。如"它实在太小，不小心就开过了头/也许正是因为小，那年的灯光/才没有被敌人发现"。这样的句子我可以罗列很多。比如"90年前的望星人，是否如/陈子昂一般寂寞/他的孤寂穿越时代，是前行者的孤独/他的挥手指向未来，是远见者/无人知晓的手语……在中

国共产党最初的文稿里，没有/啰唆的文字，一个
'开'一个'散开'/显得干净利落"。类似这样感受
的句子还有很多。我觉得这感受并没有游离于真实之
外，从某种角度上讲，这是最真实的一种注释，一种
发现。什么叫独具慧眼，实际上就是看到别人没有注
意到的真实。

　　作者在梳理历史时肯定离不开对历史的思考，假
如简单地将历史现象罗列出来，那叫史料。思考让历
史形成有序的系统，反映真实的本质，本身的真实才
是真正的真实，因而作品在叙述当中也离不开作者对
历史的一种穿透、一种认知，这一认知以概括性的形
态成行。如"只有你才能将地理的山凹/变成历史的
高峰""他们第一次知道自己可以站立可以歌唱可以/安
排自己的四季和生活"。又如"吵吵闹闹的红四军原
来/创造出了那么多宝贵的经验"。一般的人不会用
"吵吵闹闹"这个词，因为这相对来说不是一个正面
的用语。还有"一年中的最后日子/是岁月挂在枝
头的总结会"等等。我觉得如果类似的认知再多多地
融入创作当中，这部长诗就会更成功一些。当然可能

受到时间的约束，政治理论性的内容能够反刍出这样的思考已经很不容易了。

这部长诗最大的亮点是——作品始终表现历史原貌，不为时间和外来因素所左右，让历史还原到本真的状态，不因某个人历史的污点而将其历史抹杀，或采取淡化和回避的方式处理。在这部长诗中我们看到林彪在闽西革命中鲜为人知的一面，36岁的毛泽东开始关注这位22岁的年轻人，开始他们半个世纪的革命关系。作者毫不避讳历史上曾发生的毛泽东与林彪的亲密关系，并客观地将其呈现出来，这也是诗界的思想解放。

袁勇麟（福建师范大学社会科学处处长、文学院教授）：读到这首诗我首先想起了郭小川，因为我觉得郭小川跟他那一代人，在他们的长诗中对中国革命史的审美创造进行了一次开拓。我觉得迎春的诗歌跟他们暗合的地方就是，他揭示了一种人性的深度和历史必然的逻辑趋势。所以我就把郭小川作为参照系来读《落雪的和声》。古田会议是建党建军的里程碑，长诗也是一个时代的里程碑。以长诗为时代立传、为英雄讴歌，体现当代诗人的历史责任与历史担当。我觉得这个书封面的文字非常好地概括了主题，迎春以诗的名义致敬中国革命的前行者："红色在黎明中升起，那还不是太阳/是尚未形成的星球/是夸父逐日的方向，是精卫填海时的号角/是旗帜，是前行者的热血"。

长诗不仅刻画了毛泽东、朱德、周恩来、陈毅等老一辈的领导，也刻画了邓子恢、张鼎丞、傅柏翠等闽西革命的领导者，但是最打动我的还是一大批小人物、那些革命者。他写道："那些革命者/他们可能是我的叔公，我的婆太/我的亲戚中的某一个/他们从来都是普通人，从来没有进入过正史/没有进入过任何庄严的场合/他们名字总被'他们'两字代替/但是他们都曾沐浴过胜利带来的荣光，然后/默默地将往事掩埋，让太阳/将幸福照耀"。像这样的无名氏，或者即使有名，但是在历史中很少被抒写。像这种小人物的奋斗跟牺牲同样是惊心动魄的，那种大人物很多正史都写过了，用宏大叙事也写过，反而是这些无名英雄让我感动。但是同样也存在一个问题，就是怎么样

去表达他，用诗歌去擦亮这些英雄。在立体性方面，我拿郭小川的一首长诗来作为对照。我在读书的时候，看到他的《一个和八个》就非常激动。如果我们以郭小川、以前辈的创作作为参照系来看迎春的诗，可能在艺术内在的张力上、在复杂人性的刻画上、在文字的精心选择上，长诗还要进一步打磨。

一部宏大的诗意盎然的好作品

伍明春（福建师范大学协和学院文化产业系主任、教授）：这部长诗体现了以下几个方面的统一。第一个是革命历史话语跟文学话语的统一。长诗反映的是一个重大的革命历史事件，如何用诗歌的表达方式、文学的话语呈现出来，我觉得这方面迎春做得比较好。第二个是宏大叙事跟主体想象的统一。长诗抒写了古田会议召开的前因后果，毛泽东、朱德等人之间的关系，还有历史上其他革命事件发生前后的变化、波澜起伏。另一方面，诗歌里头插入了很多主体的想象，在叙述的过程中，作者会跳出来说话，站在今天的角度来叙述。主体的这种介入很重要，怎样跟

宏大叙事结合在一起，这首长诗也做到了比较好的统
一。第三个是精巧的艺术结构跟丰厚的内容的统一。
每一章由主体内容跟"战士的诗篇"构成。另外，丰
厚的内容还体现在对革命领袖形象的塑造等方面。
这两个方面的统一我觉得也做得比较好。第四个是红
色文化跟客家文化的统一。长诗涉及很多客家文化元
素，比如羊角花等意象，在长诗里得到了充分的表
达，而且它跟红色革命文化紧密地结合在一起，融为
一体。第五个是历史的回望跟当代形势的统一。这部
长诗的主体写古田会议这一重大革命历史事件，特别
是最后一节，虽然不长，但是他写到当下，写到2014
年古田全军政治工作会议。这一部分衔接得很好，一
方面梳理辉煌革命的历史，另一方面又回到当下，思
考我们的党与军队、我们的民族，怎样在伟大复兴的
重要历史节点再出发的问题。

石华鹏（《福建文学》副主编、评论家）： 长诗
带给我一些思考，不同文学体裁表达同一个重要历史
事件，各自的艺术优势在哪里？缺憾又在哪里？2019
年是古田会议召开90周年，所以关于古田会议的文

艺作品不少，有电影《古田军号》、小说《古田军鼓》，现在我又读到了长诗《落雪的和声》。同一个历史事件，三种体裁，三种艺术征服力。电影的画面、场景逼真，视觉冲击力强；小说的故事和细节生动，很吸引人；诗歌情感充沛，凝练有表现力。电影和小说均以古田会议为背景来讲述，而李迎春的长诗是对古田会议的"正面强攻"，与电影和小说相比，长诗的艺术性最强。

诗歌本身独特的艺术性，将赋予古田会议这一历史事件独特的诗意，反过来，《落雪的和声》用诗歌的形式来表现古田会议，古田会议这一个历史事件便呈现出凝练的表现力和启示性。美国著名评论家哈罗德·布鲁姆说："诗本质上是一种比喻性的语言——一种隐蔽的修辞……诗的伟大依靠比喻性语言的神采和认知的力量。"《落雪的和声》拥有了一种语言的神采和认知的力量，比如诗中对古田与古田会议召开前夕的描述："状如玉碗的古田/从未被连绵的群山阻隔新鲜的空气/随时准备盛装思想的甘露/险峻的山峦如神兵守护/精心酝酿一坛客家香醇的好酒"。一座山中

☆

落雪的和声
——古田，1929

的小村与影响历史的理论宣言形成语言张力，诗人以小喻大，用玉碗比喻古田，"盛装思想的甘露""客家香醇的好酒"，语言的神采与认知的力量凸显出来了，诗的艺术性也凸显出来了。

用诗歌来表现古田会议对建党建军的理论贡献充满写作难度，用三千行长诗来表现更是难上难。诗人李迎春攻坚克难，成功完成一部准史诗的作品，得力于他解决了两大问题。一是结构问题。长诗的结构如高楼的框架，框架不搭建好，高楼会坍塌。李迎春用"春水与汀州""夏风与龙岩""秋菊与上杭""冬雪与古田"来结构长诗，1929 年的春夏秋冬对应闽西四地，时间和空间搭建起诗歌的框架，诗歌便立起来了。二是艺术问题。具体来说是：叙事与抒情交替推进，阅读的节奏感分明；塑造了一系列伟人和大人物的形象，甚为生动；"雪"的意象运用恰当，用无声表达有声，让石破天惊的古田会议在落雪无声的冬雪中完成，艺术的感染力很强，全诗在落雪的高潮中落幕；大事件与小人物交替描述，在各章节中加入"战士的诗篇"，多维度多视角表现古田会议，既有宏观

242

的历史大事件，也有微观的个体生命，诗歌的艺术征服力大大增强。

刚才几位老师说到，对于这样一首诗，叙述一些具体历史事件的时候诗意是不是淡化了一点。我对这个问题有另外一种想法。这样一首三千行的长诗，必须有叙事性的支撑，所以他用一些叙事性的、很直白的语言来叙述。一些很诗意的语言跟直白的叙述交叉使用的时候，不会给我们带来一种阅读的疲劳感。当然，他在长诗中引用了大量的历史事件，有时直接平铺直叙来写，把诗意降低了。总体来说，《落雪的和声》是一部宏大的诗意盎然的好作品。

长诗解决了政治抒情诗的一个难题

曾念长（福建省文学院副院长、评论家）：这首诗的结构确实非常漂亮。但是以我对迎春老师的了解，诗的结构做到这个程度，对他来讲应该不是特别难。

这个作品给了我一个比较大的惊喜，它解决了政治抒情诗的一个难题。政治抒情诗在中国传统诗歌里

☆

落雪的和声
——古田，1929

面是没有的，在国外诗歌里面过去也是没有的。它是在 20 世纪的中国形成的。

但是我们回顾 20 世纪的中国政治抒情诗，它有一个很大的难题：它很难写大篇幅的诗。原因在哪里？从文体的发展史来看，抒情的作品很难写出大篇幅。我们知道西方有史诗传统，所谓的史诗就是长篇叙事。西方到近代以后才开始出现了抒情诗，抒情诗一定是短篇。抒情跟长篇是一组矛盾，这个矛盾就是政治抒情诗的一大难题。抒情诗有一个非常大的秘诀——靠激情，但是这个激情有的时候是不太可靠的，它的长度是有限的。

李迎春在《落雪的和声》中是怎么解决这个难题的呢？在文本处理上，他吸收了一些比较好的写作资源。第一个资源是他比较好地吸收了中国的诗史传统。诗史有一个很大的特点，它可以写细节。我前几天看到浦安迪讲诗史跟史诗的区别，他说诗史的一个特点是它模糊了真实跟虚构的边界。诗一定是虚构的，但是它可以写真实的历史细节。所以我们会发现，《落雪的和声》里面写了一些非常具体的细节。

包括写到漳平，写到墙上的那句话，把它原原本本地融入诗里面。实际上杜甫写《石壕吏》的时候，他就写非常真实的细节。他讲"暮投石壕村，有吏夜捉人"，然后是"听妇前致词，三男邺城戍，一男附书至，二男新战死"，这些都是非常真实、非常具体的细节。这就是诗史的一个非常重要的特征，它可以避免我们过去写抒情诗存在的一个问题——如何让日常的物质性的细节进入我们的视野。这一点我觉得诗人解决得非常好，没有这个东西长诗是展不开的。

另一方面，我认为李迎春吸收了一个比较重要的资源，就是散文的资源。这个散文不是我们狭义的、文体意义上的散文，是包括小说在内的散文，也就是指像诗那么规整之外的一种文体。这使得诗人用一种更加从容的舒展性的语言来写这个题材。

虽然整个作品也存在一些问题，比如修辞上有不当的地方，但都是小问题。这个作品给我最大的印象还是语言的平实，大体上没有过度修辞，不会油腻。这些东西可能与李迎春写小说的经历有一定的关系。小说如果用油腻腻的语言肯定写不好，用非常平实的、非常贴近物质现实的那样一种语言来写，它就非常吸引人。这是这本书的又一个特点。

我认为这本书在尝试政治抒情诗方面，在解决抒情诗一个传统难题方面，做了一次非常有益的探索。

张帆（福建社会科学院文学所副研究员、博士）：长诗《落雪的和声》用高度概括、凝练的语言，气势恢宏地展现了古田会议召开前后的整个历史画卷，描写了红四军入闽之后，红四军和闽西革命根据地的建立这一段中国革命非常重要的历史阶段。长诗独具匠心地通过多重视角、多重时空、多维度地展现党的伟大历程与伟大胜利。具体有以下几个特点值得重视。

一是微观与宏观视角相结合。长诗通过一个普通红军战士的个人化视角体现共产主义信仰对个体的感召与改造，描写战士在战火中由一个普通的农家青年成长为一个坚定的共产主义战士。同时，诗歌又通过宏观视角来展现毛泽东、朱德、陈毅等人在艰苦卓绝的斗争环境中带领人民走向胜利的超人智慧，排除万难坚定地走马克思主义路线的信念以及寻求全民族解放的勇气。长诗将个人的视角与宏大的全局性的外部视角相对照，既写战争的激烈与残酷，又展现了战争所激发的人与人之间的友情，军与民的互助友爱。这两个视角互为镜像、互为表里，全景式、多层次地展现了整个革命历史的光辉进程，以及共产党领导革命走向胜利的历史必然性。

二是过去、现在、未来等时空的交错。长诗没有采用单一的时间线索，而是将过去、现在、未来的多重时空相互交错，写一个在现代化中国成长的诗人，去寻找伟大的历史足迹，并在此一历史上总结规律，展望更加美好的未来。这一回环往复的时间性相互映照，体现出中国革命是被实践检验的真理，是符合中国人民的根本利益，中国共产党是推动历史发展的根本性力量。而我们今天之所以能够享受现代化建设的成果，正是百年前从乡村出发的队伍所开创的奇迹。诗人的追溯在此也承担了历史叙事的功能，以壮丽的诗篇记录鲜活的历史记忆，在21世纪传承信仰，并开启更为广阔的征程。诗中"战士的诗篇"也具有这样的时间性呼应，父母象征过去的旧社会，朋友象征着新旧交替的时刻，而爱人与孩子象征着消灭了剥削与压迫的美好幸福生活。几个时间性的强烈对比，体现了打破黑暗的艰巨性，以及社会主义革命所承担的人的解放与幸福生活的伟大使命，诗歌将个人命运与时代发展紧密地联系在一起，体现了人在历史中所承担的主体性作用。

三是抒情性与政治性的高度融合。郭沫若曾经对诗歌做出这样的定义："诗歌应该是犀利而有效的战争武器，对友军是号角，对敌人则是炸弹。"《落雪的和声》就是以其独特的形式和内涵，将抒情性与政治性高度地融合，艺术地反映了红色革命历史，诗歌对于战争场景的描写，对于领袖伟大形象的塑造，对于革命精神的描绘，都充满了感染力与战斗性，在消费主义冲击下的现代社会，具有正本清源的重要意义。

四是人民性与时代性的结合。这首长诗是对习近平总书记以人民为中心的文艺思想的生动阐释。诗歌细致描绘毛泽东深入农村调查研究，推动土地改革，体现共产党所具有的优越性与先进性。同时，诗歌以青年战士为主体，从人民的视角细致体现为人民服务的宗旨。诗歌摒弃了空洞的口号，深入历史的细节处，展现了人民性与时代性的双重思考。诗人在诗歌创作实践中坚持习近平总书记的文艺思想，热情讴歌了中华民族的伟大事业，发出了新时代的最强之音、最美之音。

李锦秋（晋江市文学艺术评论协会主席、诗人）：长诗除了将四季的意象和四个地域进行组合的精巧结构之外，序章"东方有光"指向现在，四个篇章指向过去，尾声"世纪回响"则指向未来。这种三个时空覆盖的时序创设，直接体现了诗人的时空观，也应该被视为结构的特色之一。

运用时空观的好处之一便是创作者随写作层次的转变而展现感情梯度的变化。这个传统在我国古代大量诗歌中就有明显表现。如从《诗经》的开篇《关雎》发轫，就可以找到一个明确的时空转变和情感提升。再如《观沧海》中，曹操自"碣石"之地以"观"，打开"沧海"的视界，介入"秋风"之承载时间观的物象来展开，最后由"日月之行"和"星汉灿烂"的联想，拓展出更广大的时空存在，诗人"以景托志、胸怀天下的进取精神"随之喷薄而出。而长

☆

落雪的和声
——古田，1929

诗《落雪的和声》抓住中国革命重要的时间节点和承载重大意义的地点来抒写，篇章的最后顺其自然迎向21世纪和中国的新气象，于凝练、掷地有声的回忆和饱满而美好的期望之交织中，铺开文化自信等中国力量的愿景。正是诗人对时空观和写作层次的巧妙结合，才使其坚定的信念和不断积蓄的文学感情得以深度结合，共同升华出这部长诗的新气象。

其次，在这部长诗中，诗人采用多种人物视角来展开场面叙事。诗人本身、战士、资料人物等的不同视角，更立体更丰富地构建了多视野下的古田会议事件和意义。而其中富有温情、饱含力量的四个"战士的诗篇"是一个亮点。诗人通过战士身份的普通存在，借助历史的共识性的传递，使得古田会议特别是中国革命的意义具有了更强烈的人民性，使得长诗有温度也有硬度。

再者，虚实运用在诗中也很贴切。我们在长诗中见识了精神领袖力量转化为革命者的坚定意志，从领袖精神的导航到革命力量的凝聚，从革命力量的凝聚到意义深重的古田会议，从"古田会议永放光芒"到

新时代"不忘初心、牢记使命"的召唤，一层接着一层，让读者在阅读、想象、记忆中塑造和再现"精神共同体"——党、党的领袖、古田会议、革命战士和人民等主体，突出了这部长诗立足主体化的创作倾向。

最后，用中国文化讲好中国故事、传播中国价值，是这首长诗有力的操作。长诗撷取中国传统诗歌叙事抒情并用、赋比兴等手法，以诗、史的思维方式来把握写作对象，同时注重历史观念和意识形态色彩的注入。诗人一方面引用真实的史料，一方面对古田会议这一中国革命记忆进行文学建构与再现，即以典型事件之典型场景、典型人物的资料运用和文学抒写来追述历史，展现其在中国新时代建设中具有的重大的时代政治内涵和社会意义。

（本文根据现场录音整理，未经发言者审阅。）

以长诗仰望古田会议

——评《落雪的和声——古田，1929》

林　滨

1929 年，在我党我军建设史上具有里程碑意义的古田会议，探索出思想建党、政治建军的光辉道路，新型人民军队由此走上了发展壮大的历史征程；2014 年，全军政治工作会议在古田召开，对强军兴军做出新的政治擘画，确立新时代政治建军的方略。这两场横跨近一个世纪的伟大会议，既遥相呼应，又一脉相承。为纪念两次伟大的会议，我一直希望能够适时推出一部厚重的、有意义的图书。考虑到这几年来长篇政治抒情诗创作与出版的沉寂，如果以这种文学形式来表达这个重大题材，无论是在出版还是在创作上都有特别意义与启发价值。

我所熟悉和信任的中国作协会员李迎春，是一位在古田会议发生地出生、成长起来的青年诗人，桑梓之地的濡染和革命精神的养育，让他对古田会议与古田会议精神有着天生的自豪感与亲切感，也更有创作的使命感。我向他约稿以长篇抒情诗的形式礼赞古田会议。他欣然接受的同时也坦言自己为创作一部古田会议题材的文学作品做了大量的准备。交换想法之后，我们一拍即合，他满溢胸怀的创作激情仿佛找到了奔流的方向，迅速投入了认真严肃的创作。作品五易其稿，最终以三千余行的长诗呈现世人；2019年12月，长诗定名《落雪的和声——古田，1929》，由海峡文艺出版社出版。

可以肯定的是，《落雪的和声》是一部大视野、大抒情的颂歌，它用纵横捭阖的气势，以诗写历史的方式，亲切地将中国共产党比作"东方的光"，诗意再现了中国共产党为改变中国命运永不停止探索的初心与使命，唱响中华民族的希望与荣光；更重要的是，诗人仰望古田会议的光芒，从1929年柏露会议上工农红军应对国民党的三省"会剿"写起，勾勒红四军在毛泽东、朱德的率领下，在艰苦卓绝的环境里不断克服艰难险阻、不懈探索中国革命规律的画面，以诗歌的语言，生动再现了古田会议决议这一具有理论光芒的纲领性文献从孕育到诞生的艰难过程。作者在春夏秋冬的时序安排中，巧妙搭建起串联宏伟主题与诗性表达的桥梁，并凭借对史实的扎实掌握、对诗艺的深入领悟、对个性话语的充分自信，以五易其稿的创作态度，交出了一份新时代文艺创作的亮丽答卷。

长诗的突出之处主要体现在自觉追求以诗写史的手法、用心经营长诗格局结构、凸显心系家国的情怀等三个方面。

首先突出的是以诗写史的手法。《落雪的和声》关注的是历史，聚焦的是事件，但无论是历史还是事件，首先必须是诗。因此，营造诗意氛围成为作者的追求和自觉。我们可以看到，历史与事件在他的长诗中变得更加柔和，革命先辈的胸怀、思索与决策，有了更浪漫的色彩。于是，事件不是被罗列出来，而是根据历史的发生，被投射到英雄的胆略、性情与情怀上，从而产生了具有个性化的历史诗意与诗歌审美。"九月来信"于古田会议的召开、古田会议形成的决议有着决定性的意义。诗人以最快的速度交代前后的

历史事件（"红四军已经成为红色河流/从井冈山流向赣南，流向闽西/流成一道不可抗拒的洪流"），又巧妙地凝聚到毛泽东的政治韬略、周恩来的革命直觉、朱德的战争经验、陈毅的孜孜求索等方面，最后化为"伟人之间的对话还将在争论中相互理解/在携手共进中走向胜利的方向"的诗句，于是作者的诗情在胸怀的广阔、情怀的深沉以及坚定的信仰、必胜的决心中团聚了，完成了伟大的抒怀。可以明确地说，在长诗《落雪的和声》中，诗人娴熟地运用以景写情的手法，把诸多的历史事件上升为诗的语境，解决了诗与史的融合问题；事件与事件之间的联系，融化在诗人感觉化、情绪化的诗行中，形成了诗境。古田会议的历史贡献是提出了高度理论化的成果。如何把理论的成果化作诗歌的行吟，比起以诗写史，其难度与挑战过犹不及。诗人在长诗中探索出自己的手法：通过对事件的急速描述，直接将理论的成果用分行的诗句表现出来，形成一种铿锵而坚定的表达。如"这段著名的苏家坡之问，就是/'从群众中来，到群众中去'的雏形/就是关于党的群众路线/重要的领导方法""走出一条/中国/道/路"。显然，分行的不是句子，而是一种坚定的激情。还有对古田会议决议的内容，作者提纲挈领地引用，而后用诗的手法写出它的力量："两万多字决议案/凝聚着对中国革命的独立思考/凝聚成思想建党、政治建军的思想之花/在吉祥的日子里，纷纷扬扬地飘进/全体官兵们的心里/飘进中国革命的历史里/凝聚成建党建军的纲领性文件"。

其次突出的是长诗格局结构独特。《落雪的和声》共六章三千余行，在序章"东方有光"和尾声"世纪回响"中，作者礼赞了历史选择中国共产党的必然，展开深沉的抒情。长诗的主体四个篇章，分别以"春水与汀州""夏风与龙岩""秋菊与上杭""冬雪与古田"为题，以春夏秋冬的时序更迭，借代不断变迁的峥嵘岁月；用闽西红土地的四个地名来展望革命的艰辛壮阔。它们又何尝不是一种以小见大的写法。在这里，时间便成了更诗意且可触摸的意象，四个季节亦形成互文，引人联想起在古田会议之后，"思想建党、政治建军"的理论光芒引领我党、我军开启了新的建设发展的恢宏画卷。所谓窥斑知豹，这样的写法能在不伤害史实、不流于口号的前提下，更契合诗歌创作的气质。值得一提的是，他用"革命者来""家书""日记""理想"四则"战士的诗篇"，写出个人的成长、求索和追求真理的历程，真切地抒发出战争年月平凡个体的心声，与英雄的境界相互呼应。这种个人的历练成长与求索追求，融入大历史中，又为诗歌的抒情增添了层次，显示出复调的效果。

最后突出的是心系家国的情怀。作为抒情主体的作者，始终贯穿在诗行之中。他驾驭的体裁形式必须有大抒写，因此，历史的眺望和清晰的聚焦必不可少。如在古田会议形成决议之后，诗人以历史的眼光凝视"30年后的1960年/中央军委的文件中第一次将/古田会议与永放光芒联系起来/从此'古田会议永放光芒'/穿越时光走向未来"，提出自己的认知："险象环生的公元1929年/成为马克思主义理论中国化的/重要元年"。这是诗歌的大我。然而，长篇政治抒情诗中必须有"小我"，才会显露个性与神采、魅力和生命力。诗人在地理上重走、在史料中发现、在精神上受感染教育……我把这些理解为诗人追随伟大的脚

步与对光芒礼赞时的心跳。"汽车经过柏露的时候毫
无征兆/是高速公路的指示牌在我心里颠簸起来/想起
90年前的那个乍暖还寒的日子/一支队伍在命运的咽
喉处/独自徘徊/没有指路牌没有导航仪/只有用争论
才能冲出迷雾/让前途变得明朗"（《遥望井冈山》），
地理上的寻找带着心灵的震颤；"大柏地是幸运的/因
为伟人的《菩萨蛮·大柏地》/'当年鏖战急，弹洞
前村壁。'/我好想去大柏地，去抚摸/那堵长满弹洞
的墙壁/'装点此关山，今朝更好看。'/每当我朗诵
着它，就去想象它的模样/是怎样的好看"（《装点此
关山》），文本的感染启发了诗人的敬仰……因为小我
的在场，使得诗人个人深沉而深厚的感情、自豪感与
使命感在诗歌中真诚地闪耀。

　　《落雪的和声》汇聚着中国共产党和人民军队的
铿锵步伐，汇聚着在得与失、胜与败中永不停歇的辩
证思考、理论探索和战争实践，是一部具有特别纪念
意义和一定艺术水平的长诗。有赖于宏大主题、重大
题材的支撑，加之作者攻克艺术瓶颈、勇攀艺术高峰
的努力，最终这部作品呈现出不一般的面貌。今年是

全面建成小康社会决胜年，明年是中国共产党成立100 周年，我们希冀《落雪的和声》的创作与出版，能够启发更多的文艺工作者关注重大历史题材，锤炼宏大叙事诗艺，贡献出更多优秀的长篇政治抒情诗。

（原载《光明日报》2020 年 4 月 8 日，此处略有改动。）

后记

那一场纷纷扬扬的雪

李迎春

生在南方，长在南方，感受温润如春的一年四季，所以特别向往有雪的日子。在我心里，一切有雪的日子都是美好的，宛如少年清纯的脸庞，少女洁白的长裙，还有生命中的纯爱。

从未想过，一场雪和一个伟大的思想有关，和一个政党、一个民族的命运有关。这场91年前落在山凹古田的大雪，见证了中国共产党和人民军队的新生，见证了一个伟大灵魂的深刻洞见。于是，诗想迸发出最耀眼的火光——星星之火，可以燎原。

在我接受《落雪的和声——古田，1929》的选题之前，命运早已为这场写作进行精心的准备。我的出生地院田与古田一字之差，相距不过百里，都属于上杭县。在土地革命战争时期，上杭县是中央苏区的核

心区域之一，每一片土地都浸染着红色的故事。上小学的时候，每逢清明节，老师必定会带着我们来到学校对面的山冈上，站在芳草萋萋的烈士墓前，倾听烈士家属讲述革命者面对敌人威逼利诱吞针而亡的惨烈壮举。年幼的我们，其实并不懂革命为何，生命为何，只是将那讲述作为一种肃穆的仪式种在心里。生命的成长是一个缓慢的过程，只有经历过苦难之后，才会懂得悲壮的意义。多年以后，经历了亲人的生与死，生活的荒诞与无奈，同时因为工作关系，越来越多地接触到古田会议前后那段历史，我开始更多地以个体的视角去观察宏大的革命。2004 年，我写了一系列红色题材的散文，在《思想的蝴蝶》中这样写道："宏大的场景已经过去，昨天对于我们来说已永不可寻了。我们的文字不管如何力求真实都是一厢情愿，那个要表达的只是你心中的真相。正如前面所说，如果我没有接触《古田会议决议》，对先前红军印象便很不完整。但是，也因为我们各自表达心中的真相，我们的文字才更有魅力。如果我们都说着同一口径的话，同样感情色彩的文字，那么文学便成了单调的复制品。"第二年，我着手写反映红军长征的 2700 行长诗《生命的高度》，决心以一个 20 世纪 70 年代生人的视角去看，去寻找生命的张力和所展示出来的历史奇迹。后来，《生命的高度》作为福建省第一部入选中国作家协会重点作品扶持项目的作品，得以顺利出版，完成了我在这一时期对红色历史的诗意呈现。

长诗出版后，面对众多的赞誉，我却对持续了 10 多年的诗歌写作产生深深地怀疑，怀疑自己的能力。后来，有机会参加福建文学高研班、鲁迅文学院福建中青班学习，渐渐就将精力投向小说创作并有了一些进步，但是心里从未放下诗歌、放下红色题材诗歌的创作。我曾经想，现在诗歌出版不容易，估计很难实现这个愿望。没想到，时隔 14 年后，还有机会将古田会议的长诗写出来。现在回过头来看，不管是长征题材还是古田会议题材，都是一个好题材，它们有足够的生命力，我能够用文学的形式创作这两部作品，可以说是今生有幸！

接到海峡文艺出版社创作任务时，搁在心里 10 多年的思绪重新调动起来，仿佛冥冥之中就在等待这

一刻的到来。因为工作关系，我对古田会议的历史和
精神比较清楚，而且这些年也写了不少与古田有关的
文字，作为星火讲师团的讲师，我做了近 30 场关于
古田会议前后红土智慧的讲座。更有意思的是，就在
《落雪的和声》创作过程中，我从上杭县城调到位于
圣地古田的龙岩市委党校工作。行走在古田的山水田
园间，我不断询问自己如何突破、如何在前一部长诗
的基础上，将古田的精神力量化作诗意的文字。

　　创作的过程就是一次痛苦的分娩。经过一番苦思
冥想，终于在初夏繁星闪耀的夜晚确定了创作主题：
着力表现中国共产党从建党之初到创建人民军队，到
奠定建党建军基本原则的艰辛探索历程，展示中国共
产党人的崇高理想与首创精神。在写作手法上，我决
定从三个方面入手。一是以时间为主线推进。按照红
四军入闽到召开古田会议的先后顺序进行创作，同时
将南昌起义、秋收起义、创建井冈山、闽西四大暴
动、上海党中央决策等重大历史事件通过倒叙、插叙
等方式融入其中。在序章与尾声中，突出宏大叙事，
统领全篇。在序章"东方有光"中主要通过诗的语言

☆

落雪的和声
——古田，1929

表现中国共产党的艰辛探索，使苦难深重的东方有了启明的光芒。在尾声"世纪回响"中，主要通过将古田全军政治工作会议与古田会议相联系，突出时代光辉，体现新时代的强军兴军梦想，体现党和军队从古田再出发的雄浑乐章。二是以两种视角交叉抒写。一种是以季节、地点为参照，以历史的眼光来抒写90年前的峥嵘岁月激情往事；另一种是以亲历者的视角，以一个普通红军的口吻来抒情，使场面感更加丰富、感情表达更加真实。三是以小处见大视野。虽然四个章节以水风菊雪和汀州、龙岩、上杭、古田四个地名作为切入点，但并不局限于这些，而是从这些生发出去，放眼全局，从莫斯科、上海到井冈山、赣南、闽西均有所涉猎。人物方面，既有伟大领袖，又有普通战士和老百姓，从而做到大处着眼，小处着手，见微而知著。想清楚了这些，创作就比较顺利了，很快将第一稿写出来，整整3000行的篇幅。随后五易其稿，终于在2019年12月28日之前正式出版。在纪念古田会议90周年大会上，长诗作为献礼图书送到了与会领导嘉宾手中。2020年1月13日，福建省作家协会、海峡文艺出版社、福建省文学院、福建省文艺评论家协会等单位联合主办长诗研讨会，省文联党组成员、书记处书记、副主席、省作协主席陈毅达等 20 多位评论家、诗人对拙作充分肯定，认为长诗是我省文学界近 20 年来的新收获。4 月 8 日，海峡文艺出版社副社长、副总编辑林滨评论拙作的《以长诗仰望古田会议》在《光明日报》发表，称这是一部大视野、大抒情的颂歌。今年四月份世界读书日期间，拙作被评为第三届福建文学好书榜优秀图书。

一个人的写作历程并不是孤独的，他一定会得到许多老师、同道、朋友的关心支持与指导。我也是这样的，从事写作 20 多年来，一直得到大家的关心指导，才有今天的一点成绩。感谢的名单太长，唯有记在心里才是最为稳妥的方式。在《落雪的和声》的写作过程中，林玉平社长、林滨副社长的关心与信任使我能够放开束缚一气呵成完成创作，其后又在龙岩联合龙岩市委宣传部、市文联举办出版前的研讨交流会，对拙作进行再次完善。可以说，每一次创作出版或发表的过程，都是一次收获爱与感动的过程。写作

使我收获了很多，使我感到老师文友之间的温情，感
受到文学特有的力量。冰心说，爱在左，同情在右，
走在生命路的两旁，随时播种，随时开花，将这一径
长途点缀得香花弥漫，使穿枝拂叶的人，踏着荆棘，
不觉得痛苦；有泪可落也不是悲哀。正是大家无私的
关爱，使我这个穿枝拂叶的人，行走在写作的小路
上，并不觉得孤单，时时感受到文学带来的温暖。

　　雪是圣洁的，91 年前纷纷扬扬的大雪净化了一个
写作者的心灵，使我在诗歌的旅程中幸运地听到落雪
的和声。

　　　　　2020 年 6 月 15 日于上杭古田